RESCUTE
瀕臨絕種團

RESCUE
瀕臨絕種團

瀨臨絕種團
RESCUTE
下
作者 啞鳴
繪者 迷子燒

瀕臨絕種團
RESCUTE

本故事發生於與現實世界極度相似的架空世界，
劇情純屬虛構，如有雷同實屬巧合。

前情提要

歐貝爾提議組建瀕臨絕種團，想要以偶像團體的身分來對人類宣傳保育的重要性，阻止同胞滅絕，解放束縛自己的死亡連結。

十五一開始並不接受這個提案，對人類有相當程度的排斥，不過在露恰陪她走一趟回鄉之旅，抵抗了惡質建商收購老奶奶的土地、破壞石虎的棲地，最後得知了當年的真相，原來自己並沒有被拋棄後，對人類的敵意消退。

十五想要存一大筆錢買下老奶奶的土地，給自己的同胞一個不被打擾的天地，於是決定加入瀕臨絕種團，並且以老奶奶家的門牌號碼為自己的名字。

露恰為了完成自己的心願，開始著手尋找當初遭遇野犬攻擊的妹妹。根據報導，受傷的歐亞水獺被送進動物園救治，她們三人想盡辦法混入動物園，卻沒想到

妹妹已經不幸逝世，終究沒有生存下來。

瀕臨絕種團得到了在幼稚園演出的機會，在首次登場的關鍵時刻，歐貝爾卻離奇消失……

恐懼

「妳到底跑去哪了！」

「對、對不起！」

被童軍繩綁成肉粽的歐貝爾，以雙手縛於身後的敗戰俘虜姿態，表達自己內心的歉意。

只不過身上的童軍繩綁得有點羞恥，繩子先是套在脖子，往下延伸到鎖骨、胸部、肚臍，於小腹正中間的位置打了結，然後穿過兩腿直接從背後繞上來，再穿過兩側的腋下，最後回到脖子再打一個結……很怪，歐貝爾真的覺得很奇怪。

露恰到底是從哪裡學來這種繩子的方法？

「喂喂喂，罪人還敢發呆，想閃躲掉瀕臨絕種團臨時法庭的法官……也就是我，十五號的質問嗎？」十五拿出了法官的威嚴。

「不是啦，我只是覺得、覺得身體有點發熱……」大逆罪人歐貝爾無辜地解釋，「莫名其妙……有股害羞的感覺。」

「閉嘴，少給我用保外就醫這一招，這裡可不是無恥的人類社會。」

沒錯，這裡是瀕臨絕種團的住處，一間又老又小又舊的房子，大概是從小被櫻姊養在荒郊野外的關係，她們住起來沒有半分不適，工作時間便四散前往自己的崗位，休息時間就在公寓的樓頂練舞……本來是相當融洽的生活，卻沒料到身為瀕臨絕種團隊長的歐貝爾會在第一次的正式演出不見蹤影。

依靠十五與露恰支撐，瀕臨絕種團沒有出糗開天窗……但該追究的責任還是要追究。

於是她們在房間裡開啟了無情的臨時法庭。

「如果妳不老實交代，就別怪本席用刑。」十五逐漸沉浸於新的身分，只差沒有戴一頂法官用的假髮來遮住棕色的長髮。

「怎、怎麼可以……我可是瀕臨絕種的臺灣黑熊，受野生動物保育法保護喔！」渾身冷汗的歐貝爾急忙強調。

十五號
想閃躲掉瀕臨絕種團臨時法庭的法官……
就是我，十五號的質問嗎？

十五不屑地挖著耳朵道：「那是上輩子的事了。」

「咦，太不公平了吧！」

「廢話少說，看來不嘗嘗『山豬吊』，妳是不會乖乖說實話了。」

一旁的露恰微笑補充道：「山豬吊就是綁住雙腳，然後整個人倒吊起來喔。」

「不用特地解說，我不想知道啦。」歐貝爾猛搖頭。

「放心，我會開始著手研究不會受傷的露恰式山豬吊的。」

「不要浪費時間研究這種東西，然後不要取這麼可怕的名字啦。」

「說得對，畢竟是吊臺灣黑熊的，叫黑熊吊比較貼切。」

「一點都不對！我哭給、哭給妳們看喔。」

歐貝爾知道完蛋了……一向無條件疼愛自己的露恰真的生氣了。

即便不願意承認，但歐貝爾憑藉自己的兒童體型，以及露恰對於小孩子的獨特關愛，從小闖禍惹麻煩無往不利，露恰總是會笑著說「哎呀、哎呀下次不可以喔」，接著過陣子再說一遍、過陣子再說一遍……像是永遠不會發怒。

比起盛氣凌人的法官，坐在旁聽席淺笑的一般民眾更讓歐貝爾膽顫心驚。

「對不起嘛……」歐貝爾心虛地說：「在幼稚園，我不小心吃壞肚子，才不得已在表演前跑去蹲廁所。」

人的確跟野生動物不同，沒辦法隨地大小便，十五沒有辦法反駁人有三急的既定事實，況且歐貝爾真的一天到晚都在亂吃東西，就算得到報應也是理所當然的事。

「如果是這樣子，倒是情有可……」十五歪著頭。

「歐貝爾在說謊。」露恰這一次不僅沒有放過，還窮追不捨。

「露露露、露露露恰……幹麼這樣說啊？」歐貝爾感覺自己快要尿出來了。

「可惡，妳這頭邪惡的蠢熊，居然試圖欺騙本席。」十五終於想透，「這個世界上最熟悉臺灣黑熊的歐亞水獺都這樣子說了，妳必然是在說謊！」

「妳是誰……真正的露恰應該會說『嗯嗯歐貝爾沒錯』才對吧！」

「露恰已經看清妳的真面目了。」

「嗚……」

歐貝爾慢慢低下頭，黑白色相間的雙丸子頭都有點扁掉了，此時恐怕是生涯遭受的最大危機，一直隱藏在心中的真相難不成要攤在十五與露恰面前嗎……一想到兩位隊友可能的反應就覺得很不安。

「我們是生死與共的夥伴，一起重生，一起面對死亡連結的威脅……」露恰望向窗外的天空，淡淡地說：「歐貝爾明顯有問題在瞞著我們，讓我對自己很失望，一定是我不夠努力，才沒辦法得到信任吧。」

「不是不是不是……是、是我的錯誤……」

「我們連面對死亡連結都不畏懼，何況是個錯誤？」

露恰的灰色短髮隨著窗外的涼風搖曳，歐貝爾很慶幸從這角度無法瞧見她對自己失望的表情。

雖然對於讓瀕臨絕種團重生的白衣神半信半疑，但現在不得不在心中瘋狂禱告，能夠平安度過目前的驚濤駭浪……

「一開始……我跟本不相信瀕臨絕種團會受到人類喜愛，也不相信能利用偶像散發的力量去推廣保育，讓我們的同胞增加一點永續生存的可能性。然而，當我第一次站上舞臺……縱使是這麼小的舞臺，聽見人類親切的鼓勵和掌聲叫好，我才突然醒悟，啊，原來歐貝爾說的全是真的。」露恰的語氣很平靜。

「……」

「所以我不能接受肚子痛就背叛了觀眾與粉絲的說法。」

「……露恰。」十五總算察覺到不對勁。

歐貝爾無處可逃，悶聲道：「是因為……因為……人家很害怕。」

十五、露恰同時關注著這段失落嗓音的來源，歐貝爾抬起頭，整張稚氣的小臉淚眼汪汪。

「我其實有舞臺恐懼症，只要一站上舞臺面對觀眾，就會立刻手腳發軟、頭暈目眩、反胃想吐，所以我說去廁所也不能算是說謊……各位對不起啦，嗚嗚。」

「妳有這種毛病，還敢找我們組偶像團體？天啊，是瘋了吧！」十五震驚地雙手抱頭。

露恰擔心地問：「……怎麼這麼嚴重。」

「平時沒有徵兆……等到我意識到要面對觀眾、要登上舞臺了，立刻腿軟……」歐貝爾委屈地說：「本以為強逼自己登臺狀況就會改善，可是沒有……一點都沒有。」

「那妳應該早點說啊，蠢熊！」十五嚷嚷。

「因為我很害怕……」

「我知道妳害怕登臺，但妳要先說吧？」

「我更害怕的是，妳、妳們會不要我……」永遠朝氣蓬勃的歐貝爾從來沒有像現在這樣失去任何活力。

「不可能。」露恰斬釘截鐵。

十五嘆口氣道：「為什麼妳那顆小腦袋瓜總是想一些沒營養的東西啊。」

「這樣下去不行……」露恰的手頂著自己的下巴，低吟道：「瀕臨絕種團已經起步，沒有再回頭的道理……一定要想辦法改善歐貝爾的舞臺恐懼症。」

「沒錯。」十五正色地附和道：「其實我正好有兩個絕招可以治癒舞臺恐懼症。」

「什麼絕招？」歐貝爾的雙眸充滿期盼的光芒。

「什麼都不怕的勇氣以及……什麼都打不穿的臉皮！」十五雙手握拳，振奮地喊。

「……」歐貝爾雙眸內的光芒瞬間暗淡。

心生不妙。

歐貝爾歪著頭，真有一死了之的衝動。

傍晚時分，關門的游泳池中，瀕臨絕種團悄然登場。

要不是十五在當超商店員認識這間大學的工友，根本不可能偷偷使用國際標準賽事的競技泳池。眼前共有十二個分隔水道，泳池最深處七公尺，附設的淋浴間與更衣室之類設施無一不是建得美輪美奐，其中最讓歐貝爾望之森然的是四座跳臺。

「我、我真的有很不妙的預感。」

「不要亂說好嗎？」

十五與露恰一同從更衣室走過來，已經換上泳裝。

「喂，這裡不是伸展臺耶。」身穿俗稱「死庫水」的泳衣，歐貝爾忍無可忍。

「要成為偶像，當然要注意自己的形象。」十五推推無框的墨鏡，一身豹紋比基尼，腰間繫著兩條細金鍊，舉手投足間全是帶有時尚風格的貴氣，勻稱的身材一覽無遺，尤其是S曲線與修長的雙腿勢必能殺死所有的相機底片。

「這裡只有我，沒有記者啦……真是越看越走火入魔。」

「十五願意開始學著打扮是好事。」露恰穿著標準的競速泳衣，貼身且流線的設計，壓迫了胸前過分的隆起，反而變相強調豐滿的事實，過高的高衩害她不斷地下拉調整，「嗯，時間有限我們要抓緊時間了。」

「妳是另一種角度的走火入魔。」

十五一面替歐貝爾戴上泳帽、一面碎念道：「別抱怨了，再不矯正妳的舞臺恐懼症，瀕臨絕種團會被拖累。」

「就算沒有我，瀕臨絕種團還是要繼續走下去……」

「先別說這種話，都還沒試過我的絕招呢。」

「到底該怎麼做啊？如果是簡單的划水我早就會了。」

「喔，能夠培養勇氣的絕招，說穿了並不難，只要從這裡……」十五向上指了指，再往下指一指，「往下跳進這裡，勇氣什麼的馬上噗噗噗地長出來了。」

「不要把人家的勇氣形容得像是大便一樣啦。」

「歐貝爾，妳要相信我。」

「就算是用這招也沒有用！」歐貝爾立刻轉過頭去，按照慣例向露恰求援。

露恰恰好穿上了救生員專用的救生衣，隨時可以拯救溺水的動物。

「馬上給我脫掉！」

歐貝爾像是被逼到山崖邊的臺灣黑熊，拚命地想找到一條生路……

「對了，這裡不是有標明說非專業人士協助不准跳水嗎？我們是偶像團體，要以身作則，怎麼可以首先破壞規矩？」

「我知道、我知道，不用擔心，露恰不是已經準備好了嗎？」十五的雙手按著歐貝爾顫抖的雙肩，「看吶，這隻專業的歐亞水獺已經興致勃勃了。」

「歐貝爾，無論是在多險惡的狀況下，我一定能夠保妳平安。」露恰十分嚴肅。

「問題是我不想進入險惡的狀況啊……嗚嗚……」

「走吧，走吧，就讓我陪妳走上這一段。」十五無情地推著歐貝爾瘦弱的背。

歐貝爾就這樣子一步一步地上了兩公尺高的跳臺，頭朝下望著平靜無波的水面，完全不覺得自己的勇氣有什麼成長。

「我們先從最矮的開始，等到能夠挑戰最高的八公尺，妳就是最勇敢的臺灣黑熊。」十五用堅定的語氣鼓勵。

已經泡在水中的露恰用力地揮著雙手。

「露恰可是能在水面睡著的女人，妳一定要相信她。」

「我相信露恰，但我不相信見縫插針的石虎……」

「妳是我們的隊長，我怎麼可能找到機會就使壞呢。」

「貓科動物看起來就很可疑……」歐貝爾徬徨地問：「跳水真的可以增加勇氣嗎？」

「一定可以。」十五用力地點頭。

「對偶像團體而言，勇氣是必備的吧？」

「當然是。」

「那十五，我們是不是好姊妹？」

「是唷。」

「那陪我一起增加勇氣！」

「等、不是，我沒……啊啊啊啊啊啊啊！」

沒給十五逃跑的機會，歐貝爾一把抓住豹紋比基尼的肩帶，鼓起全部的勇氣往下跳。

很奇怪，明明是一秒鐘內就會結束的過程，在歐貝爾的感官當中無限延長了，一張又一張宛若是幻燈片的記憶片段在閃爍。

是媽媽，領著自己向前急行，這是第幾天了呢？沒有明確的時間觀念，只知道已經走了好遠好遠……

有的時候，天空下起大雨，媽媽會找到一棵大樹躲起來，靠在媽媽身邊的瞬間，身體就會暖呼呼的。有的時候，肚子餓癟癟，快要走不動了，媽媽就會找到好

多顆青剛櫟，好好吃喔，每次咬下去，咔的一聲，嘴巴內的滋味隨之擴散，無比美妙。

「媽、媽媽……我們……究竟在找什麼呢？」

「我不是歐貝爾的媽媽，我是露恰。」

「奶奶、奶奶……我的奶奶……」

「我不是十五的奶奶哦，我是露恰。」

「廢話，我是說我的奶奶跑出來了啦！」

露恰拖著兩位水性不佳的姊妹上岸，十五面紅耳赤地雙手遮住胸部，顯然細長的比基尼肩帶根本就承受不住歐貝爾與重力的拉扯，斷裂之後正可憐兮兮地在水面上漂浮，簡直像一頭獵豹的迷你浮屍。

「我覺得歐貝爾的狀況有點奇怪。」露恰脫下救生衣，交給十五暫時穿著。

「誰要管這頭蠢熊啊？人家的、人家的清白就這樣沒了啦！」

「總覺得十五格外的保守呢，那種落後一、兩百年的保守。」

「要妳管！」

露恰也真的沒再管了，蹲在歐貝爾的旁邊，觀察驚魂未定的小臉。

歐貝爾的眉毛皺得緊緊的，眼睛也緊緊地閉上，像是靈魂被抽離之後，扔進了另一個黑暗的牢籠，一時之間找不到回到軀體的路，不停地在伸手不見五指的環境中迷失。

「歐貝爾？」

「這頭蠢熊到底怎麼了？」

「可能是過度刺激……」

「喂喂喂，快點醒過來，不要嚇人好不好！」十五不斷地輕拍歐貝爾的臉頰，擔憂之情溢於言表，「對不起啦，都怪我出這個爛主意，下次不會再逼妳了。」

「唔。」歐貝爾悠悠轉醒，發現十五內疚的模樣，立刻再次閉上眼，「啊啊啊啊啊……我、我要死了，瀕臨絕種的臺灣黑熊即將……即將滅一……」

「不、怎、怎麼會這樣，歐貝爾快點張開眼睛啦！」

「殺我的凶手是……是一隻石虎……」

「不是，我只是好意，這、這單純是意外。」

「如果殺我的凶手……願意將這個月的甜點讓給我……說不定會有奇蹟發生……」

「……」

「不答應的話，我、我等等就要死了喔。」

「妳給我馬上去死啦！」

「喂！妳怎麼這麼沒有同情心。」歐貝爾瞪大雙眼。

「妳先把壞掉的比基尼還給我！」十五不甘示弱地瞪回去。

兩位隊友正在進行第三千兩百次的爭執，露恰沒有按照慣例出聲阻止，反而走到了泳池邊，利用大量的水來幫助自己冷靜思考……歐貝爾後來是在演戲沒錯，但最一開始的失神絕對是真的。

彼此是從小一起長大的關係，比血濃於水的至親還親，歐貝爾這樣明顯的表情變化不可能無法察覺。

啊，當然十五是例外。

「老闆娘，這是我的辭呈，請收下吧！」

歐貝爾手上並沒有紙，反而握著一支手持卡拉ＯＫ麥克風，內建的小喇叭播放出動感的節奏，令人不自覺跟著一起點頭。

隨著音樂，她開始唱，沒有汙染的清澈嗓音，幾乎完美跟上每一個抑揚頓挫。四肢與身軀組合成好看的一系列舞蹈，手臂的彎曲與伸展，雙腳的抬起與落下，都精準地動在鼓點之上，沒落掉任何一拍。

歐貝爾翩翩起舞的地方，不是五光十色的舞臺，而是相當雜亂的工寮，觀眾別說塞滿搖滾區了，只有一位坐在董事長椅上的老闆娘，神色還不能算是太好看……

被歐貝爾稱之為老闆娘的女人，有著應該是在外工作晒出的小麥色肌膚，刻意染成金黃色的頭髮盤起收在頭頂。

服裝基本上接近時下夜店的風格，該展現的部分從不吝嗇，年紀不超過三十歲，但因為長期菸酒不離身，害臉色有點黯淡。

「要不是妳真的表演得不錯，我已經準備好要一巴掌拍扁妳頭頂那兩顆。」老闆娘抽了一口電子菸。

「職場霸凌！」歐貝爾雙手護著頭頂。

「妳都要辭職了，當然就不算職場霸凌。」

「這樣說並沒有比較好啦，總、總之我不幹了。」

「幹麼，嫌我爸開的晶晶廣告公司養不起妳這尊大佛啊？也不想想當初是誰冒著使用童工會被抓去關的風險，給妳比最低薪資再低一點的薪水，在馬路邊舉廣告看板！」

「……」

歐貝爾一時之間無語，環視周遭幾乎塞滿傳單與廣告看板的工寮，除了一張破破爛爛的長沙發跟辦公桌前的董事長椅之外，根本連坐的地方都沒有，更別說老闆娘口中與犯罪自白無異的話語。

「妳是不是瞧不起我？」老闆娘猛然拍桌，「大不了每個小時幫妳加五塊，這樣可以了吧？再多我就要翻臉了哦。」

「其實跟薪水沒什麼關係，我只是覺得再這樣子下去不行了……」

「為什麼不行？廣告業也是不錯的行業啊。」

「我的夢想是成為一位偶像，可、可是我有嚴重的舞臺恐懼症。」

「所以說啊，留在我身邊多好。」

「老闆娘，別看我個子矮，其實我是瀕臨絕種團的隊長喔。」歐貝爾沒表現出什麼值得驕傲的樣子，「我不能扯團員們的後腿，身為隊長絕對不能。」

「我看妳那兩位姊妹不像是會怨恨妳的類型。」老闆娘再抽了一口，淡淡的白煙在蔓延。

「我最難受的就是，她們不會。」

「……」

「一定要在最短的時間克服舞臺恐懼，無論用多殘忍的方式。」歐貝爾沒有一絲動搖，「我想帶領瀕臨絕種團用堂堂正正、無所畏懼的氣勢站上舞臺，讓所有觀眾見識我們的能耐。」

「……」老闆娘靜默片刻，壓抑地說：「看在妳能唱歌跳舞的份上，我們也有經手歌舞團的案子，一些喜宴喪事、傳統節日都需要演出，薪水絕對比現在好上三倍，比起妳們久久才能接到一次商演，收入穩定太多了。」

「我知道喔。」

「知道就留下來。」

「但是這樣，我就永遠不會進步了。」

「……」

「老闆娘，多謝妳一直以來的照顧。」歐貝爾九十度鞠躬，真心感謝。

「要走就走啦。」老闆娘站起身，頭甩向一旁，董事長椅仍在晃動，像是連看都不願意再多看一眼，「像妳這種員工，我要找多少有多少，對我們公司而言根本沒有影響。」

「那我先走了，祝老闆娘生意興隆。」

「滾！」

老闆娘大聲地下了逐客令，歐貝爾原本還想說些什麼，但都覺得不適合了。

還記得當初，因為自己外形跟年紀的關係，找遍了所有公司與工廠都找不到工作。小吃店嫌自己笨手笨腳，倉儲物流嫌自己沒有力氣，對比起露恰與十五很輕易地就找到工作，處處碰壁的自己，每個晚上都失眠睡不著。

最後是老闆娘接納了自己，對此，歐貝爾也是萬分不好意思。但比起過去的種種承諾與肩膀上的責任，瀕臨絕種團不能因為自己而延緩了前進的腳步。

她歉然地再深深鞠躬一次，退出工寮，回頭輕輕地關上門，忽然明白自己對這裡始終抱持著親切感的原因……因為跟小時候住的地方有某種程度上的相似。

這裡沒有櫻姊，卻有老闆娘。

老闆娘聽見關門的聲音，眼淚立刻就噴了出來，噘著嘴巴，啜泣著說：「嗚嗚嗚嗚，幹麼這樣對我……奇怪欸，做得好好的……為什麼要走……混蛋，難道不知道這樣很傷我的心嗎？給我回來，歐貝爾快回來……」

就算十五是想要報私人恩怨，才提出兩種荒誕不經的絕招，但實際上勇氣與厚臉皮的確是偶像必備的屬性。

用角色扮演的電玩來比喻，這是一定要點滿的成長點數，甚至比歌喉與舞技更優先。

如果沒有不怕出糗的厚臉皮、如果沒有面對觀眾的勇氣，任由其他屬性點數加到九十九也沒意義。

露恰跟十五有自己的功課要訓練，歐貝爾不想拖慢她們進步的速度，自己的困難只能自己面對……

深深地吸入一大口氣，歐貝爾緊握住卡拉ＯＫ與擴音喇叭合一的麥克風，不斷地為自己心靈喊話。

「不要擔心，歐貝爾，裡面都是和善的大姊姊，頂多三、五人而已，跟平時在露恰、十五面前演出沒差多少，對，沒差多少，根本就不用害怕。一進去先自我介紹，然後開始唱……最多五分鐘，不不不，挑一首短的，最多三分鐘搞定。是的，三分鐘，每次露恰洗澡都要三十分鐘，這三分鐘不算什麼的。」

歐貝爾吐出一口長長的氣，一切準備就緒，手按在包廂的門把上面……

已經調查過了，這間是幾名女大生開的包廂，應該是期末考結束，來唱唱ＫＴＶ放鬆心情，這時如果能有一段精湛的表演，一定能幫忙炒熱氣氛。

「對，這就是我的功用！」

歐貝爾按下門把，硬著頭皮闖進陌生人的包廂。

「各位姊姊安安，我是瀕臨絕種團的臺灣黑熊，歐歐歐歐歐歐貝爾，這是我的突襲演唱咦咦咦咦咦咦咦咦咦！」

包廂中的確有五名女大生沒錯，但身旁還各有一名男大生，電視螢幕播放著背景伴唱配樂，四支無線麥克風卻整整齊齊地擺在桌面，根本沒想要唱歌。

燈光呈現昏暗的粉紅色，不言自明的浪漫光暈在擴散，這場是標準的青春男女聯誼，目前到了分組談天的階段。

男男女女並肩而坐，交頭接耳的分享無意義地瑣事，鼻子聞著因為微醺體溫提高而蒸出的體香，大家都對彼此的對象很滿意。

歐貝爾非常不識相地闖入這一個巨大的粉紅色泡泡中。

隨之而來的是身體發冷、抽動、牙齒打顫，天旋地轉，失去語言能力。

其中一個男大生親切地招呼道：「沒關係，只不過是遲到，不用緊張。」

面對如此炙熱的異性眼神，歐貝爾快要腿軟了。

「過來坐我這邊吧，先喝點東西。」

男大生試圖展現自己的體貼，但身旁的女大生已經看不下去。

「喂，人家小妹妹才幾歲而已，這你也ＯＫ？噁心。」

「不是啊，我看她好像身體不舒服，先坐下休息很正常。」

「正常個屁，我就看你眼睛一亮，整個酒都醒了。」

「妳是不是喝太多啦？」

上一分鐘還在低聲相約等等要去續攤的男女現在宛若不共戴天的仇人，一個罵對方啞男、戀童癖，一個酸對方酒鬼有口臭，包廂中有人助陣、有人勸架，總之是吵成一團。

意識到自己是罪魁禍首的歐貝爾，雙手按著耳朵，驚慌地顫聲道：「對、對不起，對不起、對不起對不起對不起對不起對不起……」

當她用近乎逃命的方式逃出包廂，外頭的空氣才有辦法進入肺部，加緊腳步迅速地躲進獨間的廁所中，坐在馬桶上不斷喘息，心情久久才能夠平復……

「戰略錯誤，真的是戰略出了大錯誤啊。」歐貝爾非常懊惱。

第一次挑戰便遭受重擊，她好想好想回家，躺在露恰柔軟的懷中，蓋上一條小被被，一手遙控器懶洋洋地轉著臺、一手捏著洋芋片放進口中，咔滋咔滋地嚼呀嚼，這是多好的生活，為什麼要跑到這折磨自己？

「嗚嗚為什麼？」

歐貝爾只是問，並不需要一個答案。

因為答案早就烙印在心中。

戰略錯誤，那當然是要檢討，然後修正戰略。

之所以會有這麼嚴重的戰損，應該是大哥哥、大姊姊與自己的年紀相差太大，所以說只要降低年齡層就沒問題……

於是歐貝爾來到傳說中露恰最愛的國民小學。

「向著小學，全速地前進！」

很快地振作起來，再次發起挑戰。

歐貝爾藉由身材優勢，進入校園完全沒有受到盤問。校警還親切地跟她打招呼，誤以為是上學遲到的學生。

現在是下課時間，走廊上滿滿是亂跑的孩子。歐貝爾穿梭其中，沒感到緊張，反而是輕鬆自在，好像準備來見朋友的樣子。

等到上課的鈴聲響起，小朋友們紛紛回到教室坐好，她趁機快速走過每一間教室，要利用老師還沒有進入教室，是風紀股長在掌管秩序的這段黃金時間，進行自己的突襲演唱會。

身為臺灣黑熊，講究的就是快狠準。

歐貝爾看準了一間教室，裡面的小朋友們特別乖，連風紀股長都在安靜地看著自己的書，她毅然決然地走進去，站在黑板前面，雙手撐著演講臺，面對自己的第一個舞臺。

「各位小朋友們安安，我是瀕臨絕種團的臺灣黑熊，歐歐歐歐歐歐歐歐貝爾，這是我的突襲演唱嘔嘔嘔嘔嘔嘔嘔！」

歐貝爾直接吐在講臺上面，像是小型的彩虹瀑布一樣，底下的學生全部看傻了眼。

不行，真的是太多人了，三十個人的壓力太大了。一時之間壓力過載，就跟燒斷保險絲的電燈相同，剛剛的活力瞬間被抽乾。

尷尬地擦了擦嘴，歐貝爾不斷地道歉，難受地尋找著抹布，準備為自己的失敗善後。宛若天使的小朋友們沒有發出厭惡的聲音，反而主動關心起歐貝爾的狀況，班長更是第一個來到講臺前……

「同學，妳還好嗎？」

「對不起，對不起……我馬上清理乾淨。」

「沒關係，我們等等會打掃，身體不舒服的話，我先扶妳去保健室吧。」

「不是不舒服，是我的問題……全部都是我的錯……」歐貝爾急得快哭了。

班長依然柔聲道：「先到我的位置坐著休息，我去找老師。」

「對不起，真的很對不起……嗚哇哇哇哇哇哇哇哇！」歐貝爾真的無法再待下去，一邊痛哭失聲、一邊奪門而出。

她頭也不回地奔出這間小學，試圖離自己的黑歷史越遠越好。可惜無論跑得多遠，火辣辣的羞恥感都沒有衰減。最後來到公車的候車亭，四肢的氣力放盡，坐在長椅上頭大口大口地喘氣。

一雙小手緊緊握成拳頭，抵在左右大腿上不停地顫動，晶瑩剔透的淚珠就這樣一顆一顆落在裙襬。虛弱又筋疲力盡的模樣，簡直如同餓了三天三夜，趴在人行道奄奄一息的流浪狗。

「該怎麼辦……」

歐貝爾好像深陷在迷宮的最深處，永遠都走不出來。

如果不能站上舞臺，那在瀕臨絕種團當中，自己就是一個完全沒有必要存在的

人。過去所有刻苦認真的訓練，全部失去意義；腦袋中背的歌詞與舞蹈動作，無法站在舞臺上演出的話，根本就沒有用。

此時此刻的失落感，就好像……就好像過去……媽媽帶著自己在山林中遊走，可是無論走了多遠、爬了多高，始終找不到目的地……猶如獨自飄浮在海中央，在亟欲求生的當下，一眼望去，才發現根本就沒有岸。

當初媽媽一定也很失望吧，對自己失望，對這個世界失望。

不知道坐了多久，公車駛過了一班又一班。天空的亮度逐漸降低，直到橙色的夕暉覆蓋了全身，歐貝爾終於從過去與現在交織的噩夢中醒過來。

恰好，一輛公車停在面前，告示顯示前往旭勾動物園。

「是露恰的妹妹安息的地方……」歐貝爾慢慢地上了車。

究竟是什麼時候付了車資、什麼時候下的公車、什麼時候買到了門票、什麼時候來到臺灣動物展示區……歐貝爾通通沒有印象。失魂落魄地一恍神，就來到臺灣黑熊的特別區，彷彿在遵循自己的本能。

不過隔著圍欄的臺灣黑熊似乎沒有特別的情緒反應，只是懶洋洋地坐著，享受著陽光的餘熱，好像沒有看見歐貝爾。

即便是動物園，也僅僅只有這一頭臺灣黑熊了。

「同胞啊……你一定要好好活著。」

大概是快要休園的關係，附近的遊客正在慢慢減少，天色逐漸黯淡下來，黑暗一步一步地吞食掉她渺小的身影。

歐貝爾語重心長地說：「我的死亡連結，就靠你了喔。」

年邁的臺灣黑熊當然聽不懂人話，可是對於不遠處正在凝視自己的人類產生莫名的親切感，想過去、想更親切，可惜彼此之間的隔閡是無論如何都辦不到的。

「同胞，看你無聊，不然聽我唱首歌吧。」

歐貝爾苦笑幾聲，不給臺灣黑熊拒絕的機會，想必身為這世上唯一見得著的同胞，一定可以接受自己的任性。

她看了一眼手中的麥克風，緊接著將其插至後腰，不打算再使用了。

不管是好或壞，都希望同胞能聽見自己原始的嗓音，反正她不需要讓多人同時聽見的大音量，希望用清唱送給難得的同胞。

歐貝爾這回沒挑動感的舞曲，反而選了一首原住民的古老童謠。

悠遠流長的歌聲開始以她為原點朝四周擴散出去，擴散的方式不像舞曲如大江奔放，也不像搖滾樂如大海的浪濤不絕，就是像山中的小溪……細長、雋永，而且反覆迴蕩。

臺灣黑熊彷彿被催眠了，夢回過去生活在中央山脈的日子，那段時間危險卻又自由，就算失去大半的手指頭，也依然感到懷念。

在黑熊的面前，歐貝爾展現百分之百的實力。

沒有遊客、沒有聽眾，但是，卻有另一名瀕臨絕種團的成員在。

從頭到尾注視著這一切。

「歐貝爾，為什麼……究竟是為什麼啊？」

十五緩緩地閉上自己的眼睛，不忍再看。

第三天了，歐貝爾依然沒有進步。

她接連三次挑戰國民小學皆以失敗收場，唯一可貴的就是沒有再當場嘔吐，但也是吐在外面的洗手臺。

之後自暴自棄去挑戰別人的結婚喜宴，差一點點昏厥在禮臺上。還好她在即將失去意識之前對新人說了不少好話，沒有被別人活生生地踢出場外。

走投無路的情況下，歐貝爾決定去墓地訓練，特地選了一首懷念追思的歌曲，免得當場被家屬痛毆。

果然在沒有什麼活人的現場，歐貝爾表現得不錯。不過隨著時間越來越靠近中午，來追思的家屬跟著變多，到這種程度就沒辦法了，如果不想吐在墓碑上面，就必須馬上離開。

總結來說，還是沒有值得慶祝的進步。

下午，拖著疲憊的身體回到家，連家門都還沒打開，露恰與十五已經先衝了出來。

「妳、妳們在幹麼？」

「歐貝爾，趕緊出門，跟我們走。」十五拉著她的右手。

「沒錯，走吧。」露恰拉著她的左手。

「不對啊，妳們打扮得這麼正式，我剛回家全身髒兮兮的……」歐貝爾傻了眼。

「沒辦法，事態緊急。」

十五沒有給歐貝爾更多的猶豫時間，配合露恰一起用半推半拉的動作，讓整個瀕臨絕種團一起出門。

歐貝爾終於能夠理解其他臺灣黑熊同胞被盜獵者抓走的感覺，一路上迷迷糊糊身不由己，莫名其妙地坐上了計程車，莫名其妙地在某間大賣場下了車。

人類的大賣場就是琳琅滿目什麼都有賣的神奇所在，一不小心還會迷了路。

可是帶頭的露恰完全沒有迷惘，踏著堅定的腳步，毫不遲疑地往目的地前進，來到了附設的飲料店。對歐貝爾而言，對方的第一印象，是一臺載貨滿滿的手推車，像一座迷你的彩色小山。

「抱歉，我是學務處學生活動組的組長，跟妳們約在這個地方，是因為我最近真的太忙了，到現在還在採購校慶要用的東西。」從小推車後面走出一位文質彬彬的阿姨，客氣地點頭示意。

「組長，妳好，我們是瀕臨絕種團。」一旦搞清楚目前的狀況，歐貝爾立即恢復隊長的風範，負責對外單位的洽談與聯繫。

「妳們好，先找位置坐，喝果汁吧。」

「「謝謝！」」

雖然大賣場的客人很多，但在用餐區還是找到了一張空桌，歐貝爾按照慣例坐在中間，左邊是十五、右邊是露恰，對面當然就是坐著代表學校的組長。

「因為時間有限，我就不多說廢話了。」組長吸了一口柳橙汁，潤了潤乾燥的喉嚨，「本校將迎來六十週年校慶，許多的校友、長官都會來到學校參加典禮，為了防止學生覺得過度沉悶，校長希望安排一些小孩子會喜歡的節目。」

「原來如此。」歐貝爾接話。

「所以冒昧地打電話給妳們，還立刻約出來見面，是我方失禮了，再次跟妳們道歉。」

「沒關係，我們盡量配合。」

「你們上一次表演的幼稚園園長是我的老同學，她極力地推薦妳們，尤其是對露恰讚不絕口。」

「謝謝，能在幼稚園表演是我的榮幸。」露恰的表情並沒有特別的欣喜，但是一想到孩童們可愛的樣子，心中早就樂開了花。

「園長還特別交代，上一次的活動把妳們當成是工讀生對待相當不好意思，希望我以聘請偶像的方式與規格接待……本校自然已經做好準備，妳們會有獨立的休息室與洗手間，並且有專人跟隨，有任何困擾與要求便能夠即時反應。」

聽到這邊，十五難掩喜色，不曉得是不是聯想到車馬費也會跟著提升的關係。

「不知道瀕臨絕種團是否有初步合作的意願，如果有，我們會再寄更詳細的資料到妳們的信箱。」

「……」

歐貝爾有點慌了……

瀕臨絕種團能夠在上千人的舞臺演出，是連作夢都會立刻笑醒的好事。在前往夢想的路途上跨出重要的一步，不管是從哪個角度剖析都沒有拒絕的道理；然而，歐貝爾就是遲遲無法說出「瀕臨絕種團樂意合作」這九個字。

組長有些困惑。

上千人的舞臺豈不是連整個胃都得吐出來……歐貝爾的額頭沁出一粒一粒的冷汗，原本沒整理過的外觀就不太妙了，雙丸子頭過度蓬起又有很多髮絲岔出，身上的運動服不能說是髒，但也稱不上乾淨，這些都讓糟糕的臉色變得更加糟糕。

十五的手肘暗暗地撞了歐貝爾。

身為隊長的她不得不打起精神問：「請、請問活動時間？」

「喔喔喔，抱歉，關鍵的訊息忘記講，本校校慶是在週日，還有五天的時間準備。」

「……五、五天。」

對平時就在刻苦訓練的瀕臨絕種團來說，不要說是五天了，就算是五分鐘後在賣場門口演出五首曲目也沒任何問題。

很顯然讓歐貝爾煎熬的不是準備時間，而是自己的舞臺恐懼症。

幾乎是同一個瞬間，十五與露恰從左右兩側各自握住歐貝爾。根本不需要言語，甚至都不用眼神，光是兩股極為溫柔的力道，就傳遞出「不用怕，有我們在」的堅實保證。

「我明白了，瀕臨絕種團有意願。」歐貝爾伸出象徵合作的手。

組長為自己即將完成艱難的任務而感到欣喜，連忙握了握手，開心地說：「那就麻煩露恰與十五了，很感謝經紀人可以這麼配合。」

歐貝爾的手還懸在空中，可是臉已經僵掉。

「不是，歐貝爾是我們的成員之一。」

「沒錯，歐貝爾是瀕臨絕種團的隊長。」

露恰、十五立刻出聲糾正對方。

「咦……瀕臨絕種團不是兩位團員嗎？我看妳們在幼稚園表演的影片，也是只有兩位呀。」組長愣住。

「那是因為隊長身體不適。」露恰特別強調。

「……所以是三人的團體？」

「當然是三個人。」十五跟著說。

「不過……我們從一開始規劃就是以兩個人的模式，向上面申請經費也是只有兩個人，更別說林林總總的準備……包括到時候要給妳們穿的衣服，或是伙食、禮品……」組長非常的為難。

「任何的好處或者是福利，我們都可以放棄或者是共同享用，妳們不需要再增加負擔。」露恰面無表情，再無一絲喜悅。

「不僅僅是這個問題，我們是公立學校，任何的決定都要經過報備、溝通與上頭的允許，如果突然間改變的話，會讓我非常……」

十五率先站了起來，還算客氣地說：「那很不好意思，我們沒有辦法配合。」

「的確，瀕臨絕種團一向同進同出。」露恰也跟著要走了。

「……瀨臨絕種團兩位成員，願意合作。」

歐貝爾頭低低的，硬生生把她們拉回來坐好，但雙手卻脆弱得直發抖，彷彿這個動作已經用掉她所有的力氣。

「「……」」露恰和十五相視一眼。

「我是隊長，做出的承諾就是瀕臨絕種團的承諾。」

歐貝爾決定任性一回，不給兩位夥伴有任何反駁的機會。

「請將詳細資料寄過來，如果有疑問需要反應，我們會在第一時間詢問。」

「這樣的話就太好了，請等我的信。」組長再感謝幾句，確認手錶的時間，「那我得先離開，這一車的貨要載回學校。」

「請慢走。」

「週日，期待瀕臨絕種團的演出。」

組長推著手推車走了，十五、露恰、歐貝爾依舊坐在位子上。附近的座位有情侶、有朋友、有母子、有來來去去的人潮，嘰嘰喳喳的，突顯出她們三人之間冰冷的沉默。

「不用擔心……」歐貝爾覺得自己有責任說幾句，「妳們只是比我先走幾步，過陣子我就會跟上的。」

「我們可以停下等妳啊。」十五耿直地說。

「不用，我一定跟得上。」

「不難過嗎……歐貝爾。」露恰說得很輕，卻感覺很重。

「很難過。」

歐貝爾沒有隱瞞，黯淡的臉也沒辦法隱瞞，其實能夠忍住不哭已經很了不起了。

「不過，要是拖累瀕臨絕種團，我會更難過一千倍。」

「歐貝爾，到底在頂樓練多久了？」

「不知道……我回家時，她就已經在上面了，至少兩個半小時。」

「我們一起把她拖下來。」

「她說要是有人再去頂樓，就要反鎖鐵門。」

「……」

「我們要尊重歐貝爾的決定。」露恰站在瓦斯爐前，等著水壺中的水沸。

十五不安地說：「過度練習，會有反效果的。」

「我清楚，我也很捨不得……」

「妳不阻止她？」

「不。」

「瀕臨絕種團少掉一個人，也沒關係嗎？」

「如果歐貝爾說沒關係，那就沒關係。」露恰完全沒有動搖。

「有的時候我真的搞不懂妳是殘忍……還是過度信任歐貝爾。」十五難以置信。

「這是歐貝爾的關卡，必須要她自己跨過去。」水滾了，水壺發出尖銳的慘叫，

但露恰沒有要關火的意思，「我們頂多只能從旁給予一些協助。」

「說到這個，我突然發現……我們今天的餐桌跟妳的打扮都很不尋常耶。」

「是的，我要用自己的方式給予歐貝爾協助。」

露恰關掉瓦斯爐，旋轉了一圈，女僕裝的裙襬輕盈地揚起再落下，款款地彎腰

敬禮，認真地說：「女僕長，露恰，向您致意。」

「這……」十五必須承認，露恰的高䠷身材穿這套水藍色與白色相間的女僕裝，展現出很獨特的魅力。尤其是修長的雙腿經由白色的吊帶襪裝飾過後，簡直像是裝在禮物盒內的藝術品。

那一對吊帶跟等待開啟的蝴蝶結綁帶根本沒什麼不同……好想拉開，不、不對，十五搖搖頭，甩掉貓科動物的陋習。

「成為女僕，一定能給歐貝爾更多力量。」露恰雙手合十。

「給她力量是不錯啦，但是這一桌有雞、有羊、有豬……連三牲四果都擺出來了。」

「只要能替歐貝爾補充能量，不過是透支下個月的餐錢，根本就不算什麼。」

「透、透支了？不對吧……」十五似乎跟不上這麼劇烈的轉變。

歐貝爾正好推開家門進屋，親眼見到這奇妙的一幕。

露恰迎了上去，雙膝側跪，捧著室內拖鞋，尊敬地說：「大小姐，辛苦了，歡迎回家。」

「妳看啦，歐貝爾，露恰壞掉了。」十五指著怪怪的歐亞水獺。

「嗯，今天吃什麼？」歐貝爾抬起腿，準備讓女僕脫鞋。

「妳未免適應得太快了吧！」

十五無法接受，但眼前的主僕完全不以為意。歐貝爾表現得就像從小到大住在深山豪宅中的千金小姐，隨興的姿態當中蘊含著刁蠻的任性，穿上拖鞋以後，就直接往浴室而去，路過餐桌時連看都沒有多看一眼，宛若天生就吃慣了這些山珍海味。

露恰更厲害了，畢恭畢敬地跟隨在歐貝爾後方，保持著不會踩到主人影子的距離，一路跟進了浴室。

歐貝爾雙手舉高，露恰就順勢脫掉她的運動上衣與內衣。

「喂喂，難道妳不會害羞嗎？」十五依然不能適應。

「是哪裡來的畜生……」毆貝爾不屑地挖挖耳朵。

「妳才畜生，妳全家都是畜生！」

「十五。」露恰嚴肅地站在浴室門前，「我們身為女僕，要對大小姐恭恭敬敬，妳表現得太失格了。」

「我什麼時候也變成女僕了啊？」

「難道妳連女僕長的命令都不聽了？」

「……原來，我的女僕身分，還是地位最低的嗎？」

理解這個不幸事實的十五，正準備要將滿腹的委屈一股腦全部釋放出來時，露恰直接湊近她的耳邊說：「想不想幫助歐貝爾？」

「唔。」

然後全部吞了回去。

歐貝爾雙手護胸，下命令道：「妳們在外面待命，本小姐的年紀不需要幫忙洗澡了。」

「妳果然也是會害臊對吧！」十五指著半裸的臺灣黑熊。

「謹遵大小姐的意願。」露恰畢恭畢敬地關上浴室門。

裡面的蓮蓬頭打開，水聲嘩啦嘩啦的。

外面的十五與露恰壓低聲量交談。

「這真的有效嗎？」

「網路論壇都說女僕擁有治癒人心的魔法力量。」

「……妳到底是看了什麼奇怪的論壇。」

「十五不信我無妨，但要相信女僕。」

「……」

「舞臺恐懼症是一種心病，就跟我怕狗一樣，只能用精神力量治療。」

「……我倒是覺得心病需要用訓練克服。」十五按著露恰的肩，「像我就怕過馬路嘛，但經過這段時間的刻苦磨練，已經可以透過紅綠燈，自由自在地過斑馬線了。」

露恰拍拍十五的手背，同情道：「過馬路要先深呼吸十分鐘的話，其實不能算是自由自在地過斑馬線。」

「好、好歹進步很多了！」

「比起過去打電話回家，哭著叫我去路邊救妳，確實是有長足的進步。」

「這種事不要記得這麼清楚好不好！」

「不，妳的經驗說不定有值得參考的地方。」露恰沉思道：「我們應該要先找出歐貝爾心病的根源。」

「害怕舞臺其實是很常見的問題，追根究柢就是沒有辦法接受自己出現在陌生人的視線當中吧？」十五道。

「沒有錯。」

同一時間，浴室內的歐貝爾完全沒有聽到外頭的人在說什麼，坐在浴缸邊，將雙腿放進熱水當中，痛得齜牙咧嘴，卻又不敢發出一點聲音。

掛在牆上的蓮蓬頭，不斷地流出熱水，沖在歐貝爾腫脹的腳掌上，讓因為過度使用而發紅的腳踝，以及過度摩擦運動鞋而導致破皮的腳趾頭，得到一點點的舒緩。

「這個……不能讓她們兩個知道。」

歐貝爾努力地揉著自己小腿，緊繃的肌肉開始慢慢放鬆。

「如果發現了……一定會被阻止。」

所以她刻意說得特別小聲，像是在對雙腳說話，又像是在對自己說話。

「腳腳們，真不好意思，還需要再吃一點苦，晚些我們還要再繼續奮鬥哦。」

肌肉發炎的痛苦會隨著訓練時的每一次動作漸漸增強，歐貝爾非常努力地按壓自己的腳掌。不敢去看醫生的狀況下，熱敷與按摩是目前最有效的方式，咬著牙也要繼續下去……

歐貝爾不太懂自己為什麼會在這。

這需要將時間倒轉到昨天晚上，十五一回家就秀出一張住宿券，文山溫泉旅館的四人房還附帶四份早餐。

十五買飲料居然就抽中這種大獎，歐貝爾不得不承認貓科動物真的有招財的效果，運氣就是比其他動物強。

畢竟是一起長大的關係，歐貝爾知道十五擁有純正的客……純正的節儉精神，所以很詫異她沒將住宿券拿去換成現金，甚至願意以戰前集訓的名義邀請所有人一起去住。

說得也算有道理，文山離住家大約兩個小時車程，當地風景優美、空氣清新，非常適合上輩子活在野外的人。瀕臨絕種團要在正式演出前找個人煙稀少的地點集訓，文山是不二選的絕妙區域。

只是歐貝爾不清楚自己為什麼要答應，目前瀕臨絕種團的任何訓練應該都與自己無關……

來文山享受，真的可以嗎？

「聽說這裡的溫泉對肌膚、肌肉都很棒，我也是為了更努力的訓練，嗯嗯，要更努力才對得起十五。」歐貝爾心虛地自言自語。

看了一眼牆上的時鐘。

「十五跟露恰怎麼這麼慢……那、那我要先泡了。」

歐貝爾一邊拉開浴衣的綁帶、一邊走向房間外的露天家庭池。當然旅館在四周都建了隔離措施，外人不可能看得見內部，也不可能闖進來，除了會飛的動物之外，其餘都擋得嚴嚴實實。

然而，偏偏就是有人來了。

歐貝爾拉緊原本要脫掉的浴衣，錯愕地看著突如其來的「陌生人」。

兩位陌生人是一起進來的，其中的「男人」身形修長，短髮綁成武士髻，嘴巴叼著一根香菸，鼻梁上掛著墨鏡，前臂與小腿都是刺青，穿著白色的汗衫以及夏威夷短褲，動作和語氣都很不禮貌，完全沒有闖入別人房間的愧疚感，一臉流氓的樣子。

另一名「女人」，誇張的濃妝豔抹，耳環跟項鍊發出叮噹響的聲音，透明網狀的上衣可以清楚看見裡面的黑色內衣，短裙之下有著大格子的網襪，不免俗的也有一雙紅色的高跟鞋，幾乎是太妹的氣質。

「小姐，這裡沒人吧？」

「……」

不等歐貝爾恢復神智，男人與女人已經光腳踩進池中，開始進行足浴。

「露恰……十五……妳們是怎……」

「乾、乾幹，我叫獺哥，不是什麼露恰，沒聽過。」男人惡狠狠地罵。

「……請不要勉強自己罵髒話。」

「喂喂喂，妳是不是瞧不起我的男人啊。」女人依偎在男人身上，刻意自我介紹，「我叫貓兒，如果妳敢叫我貓妳就死定了。」

「那妳就不要叫貓兒啊。」

「我、我高興。」

「妳們現在到底在演哪齣啊？」

「關妳屁事，跟妳很熟嗎？」

「我明白了。」歐貝爾的雙腳也泡進溫泉，坐在她們的對面，「所以妳們一個是流氓、一個是太妹。」

「妳是在共、共三笑。」獺哥的髒話能力還是不太行。

「在設定上是情侶關係。」

「拜託，我們早就結婚了。」貓兒似乎不太喜歡別人誤解自己的婚姻。

「原來如此，是老夫老妻。」

「是啊，嫉妒喔。」

「可是我總覺得妳們之間的肢體接觸比較像姊妹欸？」

「……」獺哥一掌按在貓兒的胸部上，「嗯嗯，好棒。」

「嚶！」貓兒驚呼一聲，滿臉通紅地說：「不、不愧是我老公，霸氣。」

「喔喔喔，果然是大人。」歐貝爾拍手鼓掌，「那親親也一定沒問題吧？」

「親一下又算什麼，小孩子就是小孩子，眼界真低……呵呵。」

「喔，我是說嘴巴對嘴巴的那種淫吻。」

「……」貓兒一時語塞，但身邊的獺哥已經勾住自己的脖子，「不、等等……唔唔唔、唔唔唔唔……」

始作俑者在一旁害羞地遮住自己的臉，歐貝爾的嘴除了哇哇哇也說不出別的。不知道過了多久，獺哥放過老婆，邪魅地用指腹擦了擦嘴角。

貓兒則是呈現過熱當機的狀態，整張臉紅得像是番茄一樣，體溫比溫泉的溫度還高，好像整個人隨時都有可能溶解掉，成為番茄汁慢慢流進水裡。

「這樣子妳相信了吧？」獺哥除了不太會罵髒話之外，其餘的都很厲害。

「相信，非常相信。」歐貝爾可沒有打算這麼隨便就放過難得的機會，「不過妳手中的香菸，該不會只是裝飾？」

「……」獺哥看著食指與中指間的香菸，之前是為了還原自身的角色，才臨時跟旅館的門房大叔購買一根，其實連香菸碰觸到肌膚都很難受，愁眉苦臉地說：「當然是用來抽的。」

「那獺哥請用，不必在乎我。」

「……」

「嗯，社會中也是有不抽菸的流氓，不用太勉強。」

「不勉強，剛好菸癮也犯了。」獺哥真的掏出打火機，點菸時火焰抖得特別厲害，「那我、我要開始吸……開始吸了。」

「請。」

「……」

「請用。」

「好……」獺哥皺著鼻子，痛苦地瞇著雙眼，慢慢將濾嘴靠近唇……

歐貝爾捧著水，直接潑熄燃燒的香菸，表面上說「手滑了，不好意思」，但內心其實相當震撼。因為她知道露恰有多愛乾淨，根本就無法忍受尼古丁的臭味。

獺哥依然捏著整根溼透的香菸，不過卻用著完全不同的語氣說：「如果妳連我這種流氓都不怕，那面對其他的人類應該也沒什麼好怕的。」

「妳們扮的流氓跟太妹真的……太蠢了啦。」

「我們知道。」

露恰與十五同時黯然地笑了笑。

歐貝爾當然曉得她們知道，而且也知道會逼得她們使出這種蠢招，是因為無計

可施、是因為只要能有幫助，什麼都願意去做。

「其實，我不怕人類。」

「那為什麼……」

「我不知道，真的搞不懂呢。」歐貝爾抬起頭看著天空。

於是，她離開了溫泉，泡溼雙腳的明明是清澈的泉水，不過她卻像是步行在泥淖之中，越走越沉、越走越深。

原本覺得像這樣子的角色扮演挺有趣的，說不定可以訓練歐貝爾的膽氣，可惜看起來沒有什麼效果，十五緊接著離開溫泉池，難掩失望的神情。

露恰沒有反應，連衣服都沒脫，慢慢地將整個身體沉入水中，現在只有這種溫暖的液體能夠安撫自己的情緒。

歐貝爾躲進廁所，坐在馬桶蓋上，說在思考其實更像是一種放空。

「喂，請問妳是？喔喔，旅行社的鄭小姐，我當然記得。」十五接起電話，經過廁所，引起了歐貝爾的注意。

「是嗎？我抽中旅行社的三獎……喔，真是神奇，沒想到還真的中獎了。」

歐貝爾將右耳貼在門上，想聽得更清楚。

「嗯……不過所謂的日本五天四夜，我還是得自負一半的旅費對吧，那個……很感謝妳這次推薦這麼棒的旅館給我，還給了七折的優待，我們姊妹都玩得很開心。」

「怎麼會……」歐貝爾的瞳孔在晃動。

「超商的工作我辭掉了……跟姊妹們去追夢的過程中，現在口袋就沒什麼餘裕啦，很抱歉，如果未來我們有成功的機會，慶功旅遊就交給妳吧哈哈，那就先這樣，嗯，拜拜。」十五掛掉電話，左右張望幾眼，再對著露恰的方向嚷嚷，「那頭蠢熊好像不見了欸。」

歐貝爾當然沒有不見。

她背靠在門上，身體慢慢地滑落，直到屁股著地……

原來這場溫泉旅館之旅，是十五自掏腰包請客的嗎？

一股情緒忽然湧上來，在密閉的廁所變得更加壓抑。

「可、可惡的客家貓，為什麼……為什麼要在這時候裝闊啊……討厭……」

歐貝爾手上拿著一張列印出來的紙，站在全然陌生的黑暗空間之中。雙眼宛若遭到一塊黑布蒙蔽，只剩雙耳能清晰地聽見附近的聲音。

首先，有很多人，鶯鶯燕燕的，全是嗓音甜美的年輕女孩，無論是困惑地探問、不耐地抱怨、詫異地驚呼，全像是抹了一層糖霜，會讓人的血糖立即升高。再來，冷氣開得好強，轟隆轟隆的，彷彿想提前把即將燃起的場子降溫。

登登登登登登登啪！三排刺眼的電燈同時亮起！

主持人手持麥克風站在舞臺上，底下的所有女孩發出興奮低語，所有人都知道最關鍵的一天，不對，應該說是最關鍵的兩個小時就要開始了。

騷動，氣氛開始熱絡，冷氣開強是對的。

歐貝爾站在最角落的位置，雙手合十像是在對白衣神祈禱。

此處是著名地下偶像團體「宇宙喧囂」的專屬表演劇場，今天的活動是經紀公司準備公開招募新的女團成員。此消息在網路上引起高度討論，想一圓偶像夢的少女們紛紛集結。

雖然地下偶像團體並不算在進行商業演出的正式偶像之列，可是不管是早期的早〇少女組，或者是近代的ＡＫ〇48通通都是由地下偶像團體踏出進入全國視野的第一步，更別說現在的宇宙喧囂，人氣度扶搖直上。前陣子的線上演唱會，同時觀看人數突破四萬人，早就不亞於一些線上的藝人。

因此，為了成為宇宙喧囂的師妹，所有人都加足馬力，想在評審面前表現出最棒的一面。

「欸，妳有聽說嗎？海王星今天有來擔任評審哦。」

「咦？宇宙喧囂的隊長親自來嗎？怎麼辦？好緊張！」

真正緊張的是站在這兩位應試者之後的歐貝爾。

小小的演出劇場並不算大，頂多容納一、兩百人，可是能在寸土寸金的城市擁有專屬的場地，簡直就是懷抱偶像夢者的聖地。

這一個瞬間，她終於清晰理解到，身處之地是個格外殘酷的戰場，因為舉目所及，沒有隊友，全是敵人。

「大家都好漂亮……」

隨著主持人一一唱號，舞臺上一位接著一位的表演者展現苦練許久的才藝。染著酒紅色髮絲的少女，演唱自己擅長的歌曲，獲得不少的掌聲。

跟在她之後，是染著深藍色髮絲的少女，性格相當木訥，不過舞蹈動作俐落，一點都不客氣。

都是做好準備的女孩，美麗的臉蛋根本是最基本的條件，更多的是姣好的身材，有幾名的胸部特別豐滿，歐貝爾恨不得立刻過去詢問對方，這樣平時訓練不會累嗎？究竟是抱持怎樣的決心走到這裡？

「好厲害……」

更讓歐貝爾欽佩的，還有左前方不遠處的少女，親切的語氣加上誠心的燦笑，散發出無敵的親和力，一下子就交到好多朋友。連自己都好想靠過去一起聊天，然後成為對方的頭號粉絲，說不定可以換到私下的聯絡方式。

還有服裝打扮上面，歐貝爾絕對是末段班的……雖然看不出來是不是名牌服飾，但光是服裝上面的精細度以及華麗度，自己就很難相提並論。

有的衣服能徹底展現穿著者的優點，深邃的乳溝、筆直的雙腿、S型的蜂腰，要不多看一眼也很難。

「是不是又該去……買衣服了呢？」

相較之下，就先別說外貌了，連主動去找人搭訕，歐貝爾也提不起勇氣，生怕被別人誤以為是怪人，或者是來探聽軍情的敵人。

即便是自己最引以為傲的努力，在這裡也算不上什麼，能到這裡來參加選秀，無一不是努力的人。

「露恰、十五……快點來救我……」

原本歐貝爾認為近期的苦練，需要一個能夠驗證的機會，而自己已經是喜宴飯店的黑名單，也差不多要被國小的警衛大叔列為不受歡迎人物，正好看見宇宙喧囂的經紀公司準備舉辦公開選秀來籌備新的偶像團體，那當然要厚著臉皮來試試看。

當然不可以讓十五和露恰知道，所以求救也只不過是走投無路之下蒼白無力的吶喊。

「還是回家算了，萬一被主辦單位發現，我又被放進黑名單怎麼辦？」

臺灣黑熊準備要打退堂鼓，就跟不小心誤闖養蜂場的同胞一樣。

遺憾的是天不從人願，主持人正巧用麥克風喊出「第二十四號，白V」，非常不幸地恰好跟歐貝爾胸前掛的號碼牌相同。

「不能逃不能逃不能逃！」

化名為白V的歐貝爾走上舞臺，強烈的燈光照射在視網膜上，頓時有些頭暈目眩。

但還好，應該不會發生當眾嘔吐的慘劇。

經過這麼刻苦的訓練，無論如何都要有所進步。

一次一次地丟人現眼，一次一次地站上舞臺，就算是細細涓流也能打穿厚重巨石，況且是區區的舞臺恐懼症……

「努力是不會背叛自己的。」

歐貝爾站在白色的光柱中，雙手死死地握住麥克風獨自面對，那些坐在第一排的評審，以及後面幾十位的競爭者……投向自己的是怎樣的眼神？輕視、猜忌、敵意還是同情呢？她無法分神去思考這些了。

音樂播放，歐貝爾的嘴總算是有辦法唱出歌聲，身軀也順利跟著節奏跳起設定的步伐。

只要能動就一定沒問題了，太好了……真的太好了……總算能夠回應十五與露恰的期待，並肩以瀕臨絕種團的身分一同演出。

或許底下的人並不是為自己而來，對自己的歌曲和舞蹈沒半分興趣，絕大部分都在看手機或是默念歌詞。

但能有所進步，哪怕是一丁點也很好。

音樂結束了，規定的一分鐘結束。

歐貝爾已經滿身是汗，全身瀕臨虛脫。

這六十秒鐘的時間，比六個小時的練習還累，意識開始渙散，舞臺恐懼症又快要發作，搖搖晃晃的身子彷彿隨時都會倒下。

「不好意思，我有個問題，方便嗎？」臺下其中一位評審提問，她的桌前擺著海王星的名牌。

歐貝爾吃力地點點頭。

「請問妳是把我們這邊當成ＫＴＶ是不是？」海王星不解地問。

「……」

「喉嚨完全沒開嗓，聲音根本沒有出來，最荒謬的是雙手從頭到尾握著一支麥克風，這該怎麼表現出舞蹈動作呢？」

「咦……」歐貝爾僵硬地低下頭，親眼看見自己輕顫的雙手依然握著麥克風，宛若握著最後救命的繩索，不敢放開。

「我想大家聚集在此，都一定是做好準備，而且做好了覺悟，妳不能抱持著來玩的心態，隨便發出僅能稱得上是怪叫的歌聲，擺幾個滑稽不堪的動作，就回家上傳打卡今天會場的相片，用來跟朋友炫耀說自己要當偶像。」

「不、不是的……」

「妳在羞辱自己，也在羞辱在場所有人。」海王星繼續對著評審專用的麥克風說：「或許妳是太緊張了，本身並沒有惡意……可能吧，反正也不重要，就假設真的是緊張好了，那我希望妳能夠早點放棄，因為站在舞臺上面對群眾是最基本的能力。」

「……」歐貝爾張大了嘴。

「下臺吧，那裡不適合妳。」

「對、對不起。」

歐貝爾將麥克風交給主持人，以碰上天敵的速度逃離舞臺。

「咳，對了。」海王星特地提醒道：「雖然規則是說，結果會在活動結束直接公布，但妳可以不必浪費時間等了，我一定會淘汰妳的，拜拜。」

這裡簡直就是地獄，無形的火焰像直接從冥界移植過來，在歐貝爾的視野當中熊熊燃燒，連多待一秒鐘都會產生一種自己即將被燒死的錯覺。就算海王星沒有趕她出場，她也依循著動物的本能逃跑。

沒有回頭，筆直地奔向出口。

不想再來了……歐貝爾永遠不想再來了。

歐貝爾失魂落魄地坐在餐桌前。

這種狀態已經延續兩天了，這四十八小時當中，不是在睡覺就是維持著放空的姿態。

她的右手握著筷子，筷子下方是便當盒，便當盒內的飯菜還剩下一半……然而，手卻停滯不動。

明天就是瀕臨絕種團登場的日子，聽說校慶的規模辦得比往常都大，許多校友都選擇這一天回來探望過去的師長。

勢必要準備得更加充分，確保演出萬無一失，可是目前歐貝爾的失常，讓同桌的露恰、十五難以專注。

「怎麼辦……這頭熊整個壞掉了。」十五低聲說。

「不、不要亂說。」露恰搖著頭。

「暴食熊沒在五分鐘內吃完便當，只有兩種可能啊。第一種是真的出大事了，第二種是眼前這一位女孩根本不是歐貝爾。」

「歐貝爾當然是歐貝爾。」

「那就是第一種了……」十五即便平時沒有什麼察言觀色的能力，不過到了這種程度，連她都感受到不對勁，「究竟是出了什麼大事？」

「這……」露恰欲言又止。

「我沒事啊，妳們幹麼這樣？」歐貝爾回過神來，將筷子插入白飯中，「最近只是胃口不好。」

「才不是，妳絕對出了什麼問題，否則我這塊雞排早就無法倖免。」十五用筷子指了指自己的主菜。

「不要老是把我講得跟豬似的，我只是因為在發育期，需要補充更多的能量。等到胸部長得跟露恰一樣豐滿，身高到達一百七十之後，食量就會恢復正常了。」

「那不就是永遠都無法恢復正常的意思嗎？」

「不知道妳在說什麼啦，我身為堂堂大臺灣黑熊，怎麼可能一直維持這種小不點的模樣！」

「既然轉生了，就只是個平凡人，別老是講臺灣黑熊的事。」

「十五！」露恰高聲阻止，「不要再說了，現在不是提這種事的時候。」

一向溫文爾雅的露恰讓十五嚇到。

「不要再說……」

「妳是說哪些事啊？」十五一臉不知道為何犯錯的無辜表情。

倒是歐貝爾被刺中了深埋的心事，勾起了兩天前在舞臺上發生的糗事，幽幽地說：「其實十五也沒有說錯，我的確是個平凡人。」

「我們都是平凡人，所以人生總是會遇到許多的挫折或者是意外，這又沒什麼。」

露恰柔聲安慰。

「……只是我的挫折好像比較嚴重一點，呵呵。」

「大家面對的挫折都是一樣的，所以我們要一起面對。」

「不、不用了。」

歐貝爾根本無法想像，露恰跟十五站在那個殘酷的舞臺，面對比陷阱還可怕的責難。

是自己硬拖著她們進來這個圈子的，要是因此受到什麼傷害，那自責會比海王星的批評更慘痛一百倍。

她不願意再談論這個話題了，用沉默迴避掉。就算沒什麼胃口，還是硬將便當的飯菜吃得乾乾淨淨，打算找個機會閃人。

「吃飽了，多謝美味便當，我去頂樓訓練了。妳們記得把各自的歌詞背熟，明天萬一在這麼多人面前忘詞的話，會被我取笑一輩子喔，嘻嘻。」

「為什麼不用？」

「……」

「為什麼我們不用一起面對？」露恰沒給歐貝爾逃避的機會。

「我……」

「我們是瀕臨絕種團，缺一不可。」露恰難得激動道：「石虎、臺灣黑熊、歐亞水獺，白衣神選我們三人一同轉生，當然是要我們在刻苦的二次人生中一起面對。」

「露恰……妳生氣了嗎……」

「我沒有生氣！」露恰一口氣喝完杯裡的開水。

「明明是生氣了呀……」

「我只是、只是……有一點失望，過去十五在面對上輩子的遺憾時，即便是對方人多勢眾，妳還不是千里迢迢趕來幫忙？當我在動物園親眼見證妹妹的逝去，妳不也是不斷陪伴在我身邊，說願意永遠當我的家人嗎？」

「這……」歐貝爾慢慢低下頭。

「但這個時候，妳卻拒我們於千里之外，我跟十五絕對不允許。」露恰斬釘截鐵地說。

「對，不允許。」十五跟著接話，縱使懵懵懂懂的。

「其實也沒什麼，我、我自己可以克服啦。」

「怎麼會沒什麼，任何同胞死去，都是最悲傷的事……」露恰遺憾地說。

「妳說……什麼？」十五總算搞清楚露恰情緒失控以及歐貝爾神色慘澹的原因。

她連滾帶爬地取出家裡的平板電腦，心急如焚地敲擊螢幕，新聞主播的聲音傳送出來。

歐貝爾呈現呆滯的表情，彷彿意識在這一瞬間被埋進了土裡，聽到的所有聲音都是模糊不清的，見到的形象全是斑點雜質……意識並不想離開土壤，還想鑽到更深更深的地方，不過十五的高聲嚷嚷，終究是打破了這個可能。

「山地的工寮發現死亡的臺灣黑熊，下腹部有開放性的傷口……這、這是今天的新聞嗎？」

十五的話說到一半，手中的平板電腦已經被歐貝爾搶下。

她瞪大雙眼找到更詳細的報導，以顫抖的瞳孔閱讀著新聞的每一個字，緊接著看到最後的相片，一頭死亡多時的臺灣黑熊，孤苦伶仃地倒落在草叢當中……

「不要、不要不要不要不要不要不要。」歐貝爾抱著平板電腦跪下，不停搖著頭無法接受剛剛讀到的事實，「不要這樣子，不要這樣子對我……同胞啊，哇嗚啊啊啊啊啊啊！」

不只十五，連露恰也傻了。

「不要死……求求你不要死……同胞不要死……」

歐貝爾淒厲的哭聲，充斥在她們共同維持的小屋中。

就算沒有死亡連結、沒有物種滅絕同時自身也得犧牲的限制，眼見整體數量不足千的珍貴同胞不幸死去，還是令人哀傷……也許今天死的不是石虎與歐亞水獺，但一樣是同胞們瀕臨絕種，面對著百分之百相同的命運，十五與露恰很快就明白歐貝爾的傷痛。

產生了不幸的共鳴。

專屬於瀕臨絕種的物種。

光芒

如同組長所言，校慶真的辦得很熱鬧。

光是從校門口跟著組長走到瀕臨絕種團專屬休息室這段路，碰上的人不計其數。本以為小學的校慶，最多的是小學生，但出乎意料的，校園內滿滿的全是家長或畢業生。一個孩子可能帶來了父母、祖父母、兄弟姊妹，一個畢業生可能帶來伴侶和小孩，遑論這本來就是上千名學生的大校。

即便如此，這間學校一定是數十年盡心盡力培育學生，才會讓家長擠破頭都要把小孩送進來就讀、才會讓已經畢業的學生感念過去的栽培，選擇在今日回校見見師長，最後造成滿滿的人，滿滿的善念與熱力。

歐貝爾很羨慕也慶幸。

羨慕十五、露恰能擁有這樣舞臺，瀕臨絕種團能在上千人面前，帶領唱誦具有象徵意義的校歌，再演出兩首自備歌曲，總共有十五分鐘的演出時間。能夠為短短的十五分鐘，獻上超過百倍的訓練時間，她真的很羨慕。因為努力是有價值的。

歐貝爾同樣也很慶幸，慶幸自己失去上臺的資格，沒有讓這寶貴的十五分鐘成為揮之不去的噩夢，再被上傳到 YouTube 標題是「某校校慶表演者當眾嘔吐後暈厥」的搞笑影片。

這麼盛大的典禮、這麼珍貴的聚會，著實不該被不識相的臺灣黑熊破壞。

「我不能上臺，真是太好了……」

歐貝爾整理著從家裡帶來的化妝箱，還有裝滿雜物的盒子。根據合約，今天一整天都要待在這，除了開場要唱校歌之外，最後校慶結束時還要上臺跟大家打招呼。

「妳沒事嗎？」著手整理等等要穿的演出服，十五依然在偷偷注意歐貝爾。

畢竟昨天的噩耗非同小可。

「沒事。」歐貝爾的語氣輕鬆。

「確定沒事嗎？」

「確定。」

「我覺得……」顯然不放心的還有露恰，「今天歐貝爾休息也沒關係，我們可以另外找人來幫忙。」

「另外找人還要花錢啊，況且由我擔任經紀人兼保母，妳們一定會比較舒適吧？」

「當然是這樣沒錯，可是……」

「沒什麼好可是的，離上臺沒剩多久，妳們確定要把這最後背歌詞的時間用在毫無意義的事情上嗎？」歐貝爾微笑道：「如果唱錯人家的校歌歌詞，一定會被扣薪水喔。」

這的確很嚴重，露恰與十五又開始默背起校歌的歌詞。

組長安排給瀕臨絕種團的休息室相當不錯，是清空的值夜休息室，還有一張上下鋪的床可以午睡，以及獨立的衛浴設備，離活動核心的操場有一段距離，環境算挺安靜的。

「我等等先出去逛一圈，確認一下舞臺狀況以及周圍環境。」歐貝爾很熟練，化妝品已經按照使用順序排列在她們面前，「回來之後再替妳們確認妝容。」

「那就交給妳了。」露恰甩開雜念，不願再想昨天的憾事。

「聽說有園遊會喔，要不要我買一些美食回來？」

「如果把餐錢交給妳的話，我們今天一定全部都是吃糖炒栗子了。」十五開始抓住吐槽歐貝爾的機會，繼續翻著裝演出服的袋子，「不過有一件事……怪怪的……」

歐貝爾已經將門開一半，駐足問：「怪？」

「對，我的……我的好像不見了。」

「什麼不見？」

十五停下手，突然很正經地說：「安全褲。」

露恰的頭歪向一邊。

歐貝爾「砰」一聲關上門。

「「安全褲!?」」

接著異口同聲。

「沒錯，我的安全褲不見了。」十五正色道：「真不可思議。」

「妳不要用發現百慕達三角洲有飛機消失的那種驚奇口吻做結論！」歐貝爾跺著腳走了過來。

「十五果然跟我一樣是下空派呢。」露恰微笑道：「不過我在外面，還是會裝備齊全的。」

「沒有人跟妳一樣！」

十五特別強調道：「我至少內褲都有乖乖穿著。」

「請把安全褲也給我乖乖穿上啊！」第一天擔任經紀人的歐貝爾，立刻就碰上了天大的麻煩。

安全褲這種東西雖然是薄薄的一件，看似沒有什麼存在感，但其重要性就跟空氣一樣，沒有絕對不行。現在演出服的裙襬都很短，隨便一個轉身裡面就全被看光光了，對學校跟觀眾而言都是一種不尊重。

其實尋常的演出服，短裙的部分幾乎包含底褲，只是很不巧負責手工製作的是露恰，本人則是完全沒有底褲這種概念。

歐貝爾直接掀開十五的裙子。

被偷襲的十五尖叫一聲，立刻撥開歐貝爾的魔爪。

「幹什麼呀！」

「我得先確認一下安全褲有沒有在裡面。」

「廢話，當然沒有啊。」

「這就跟有的人找不到自己的眼鏡，後來發現眼鏡就在鼻梁上的狀況相同。」

「我又不是這種笨蛋！」

「妳的確不是那種笨蛋，妳是穿著條紋棉質內褲的另一種笨蛋。」

「奇怪耶，棉質內褲就特別好穿啊，幹麼一臉嫌棄的樣子……」十五嘟囔道。

「我嫌棄的是妳！」歐貝爾找了一張椅子坐下，拚命揉著太陽穴。

「不用擔心。」露恰溫柔地笑了笑，「我的借給十五吧。」

「妳給我穿好！」有著經紀人自覺的歐貝爾猛然站起，「我去跟學生借借看有沒有運動短褲。」

「小學生的褲子我穿不下啦。」

「那我去跟女老師借借看有沒有運動短褲可以穿。」

「我覺得……可能還是不行。」十五舉高自己的演出服，「褲管一定會留在裙襬外面。」

「這……」歐貝爾不得不承認，一般短褲的話，會破壞掉精心設計的整體造型，

「哎唷，要不是我的褲子妳穿不下，我就直接脫給妳。」

露恰雙手一拍，靈光一閃道：「對了，現在超商有賣紙內褲，穿那個不就行了嗎？」

「那也是內褲啊！」十五強調。

「不過安全褲其實就是比正常內褲覆蓋面積再大一點的極短褲吧，那為什麼不能乾脆穿兩件內褲呢？」露恰提出一個哲學問題。

「因為內、內褲被別人看見，就會很害羞。」

「安全褲被看見就不會嗎？」

十五瞇起雙眼說：「不會……」

「咦，真奇怪呢，明明是差不多的東西。」露恰困擾地說：「很多時候人類對衣物的概念，總是讓我迷惑，想一想……還是過去全身毛毛的最方便了。」

「現在不是探討這種哲學問題的時候。」歐貝爾拍了拍桌子，「我回家去拿吧，如果路上有店，就直接買一件新的。」

「來不及了吧。」十五望一眼牆上的鐘。

「我一定來得及。」

「……」

「瀕臨絕種團的演出，就交給經紀人來守護。」歐貝爾拍拍平坦的胸口，對於將近一個小時的路程並沒有動搖。

對她而言，沒有辦法和夥伴並肩作戰，已經是非常內疚的事，要是連瀕臨絕種團的舞臺都無法守護，那自己存在的意義到底還剩下什麼？

她取出自己的小錢包，確認裡頭還有現金與悠遊卡，慎重地放進口袋中準備出發，掃了兩位隊員一眼，瞳孔中是難得的自信。

「妳應該知道我們還有三十七分鐘就要上臺吧。」十五不想歐貝爾白費力氣，「舞臺上，我負責唱，如果不跳舞……應該不會被看見。」

「這還能算是偶像嗎？」

「可是……」

「學校願意給瀕臨絕種團機會，我們不能回報打過折的表演。」

「歐貝爾……」

「我跟在媽媽身後，連中央山脈都能橫跨，區區的一點路程怎麼可能難得倒在深山長大的臺灣黑熊。」

「妳為什麼……」十五的話說到一半，想起上輩子被路殺的自己和露恰，這任務

的確沒人比歐貝爾更適當，「對不起，怪我愚蠢的失誤。」

露恰也跟著說：「真趕不及，也不需要趕，安全最重要。」

「不用道歉，每種動物都會失誤，關鍵是要怎麼彌補失誤……更何況笨貓的失誤早就在我的計算之中，可以預期。」歐貝爾撥撥自己的雙丸子頭，自信道：「放心，十五的內褲，也交給我來守護！」

「……」

「歐貝爾去去就回。」

她跨出一大步，立刻奪門而出。

「把我剛剛產生的一點點感動還來！」十五大喊。

這一趟回家的路，需要透過智慧的抉擇——

只要選錯了一次，就絕對不可能來得及在瀕臨絕種團登臺前送上安全褲。

站在校門口，眼前的馬路呈現癱瘓狀態，原本路就不算大條，陸陸續續又有許多人前來參與盛會，汽車、機車不斷地臨時停車，外加上特地趕來賺一筆外快的花商、小吃與飲料攤，組合成交通的噩夢。

不要說是計程車了，連公車都選擇繞道。著急的歐貝爾選擇公共單車，奮力地穿過噩夢，以站姿騎車，高速地奔馳在慢車道外，一邊注意車況、一邊觀望路邊的商店、一邊等待公車或計程車，靠著禽獸級別的肌肉反應速度，一路居然安然無虞。

最棒的選擇當然是直接買一條安全褲，遺憾的是這種東西歐貝爾全靠網購，根本不清楚要在哪裡購買，也沒有發現招牌寫著「安全褲」專賣的店面。

「只能回家了嗎……」

她繼續加速奔馳，反正沒有第二種選項。

因為假日的關係，市區的交通狀況非常糟糕，歐貝爾看見幾輛計程車陷在車陣中，旋即打消上車的想法。依目前的狀況來說，可以上行人道的腳踏車會比汽機車都快，況且，還能鑽小路、下階梯、抄近道。

歐貝爾的自信是有根源的，平時的工作場所就是街頭，附近的路況早就印在腦袋內，隨時能夠像實體地圖打開翻閱。

沒有任何延遲，也就是說歐貝爾一路上的選擇全是正確，滿身大汗地回到租屋

處，同樣辛苦的腳踏車被暫時扔在路邊。

打開家門，她連喝口水的時間都沒有，繼續奔向十五的衣櫃，迅速翻找著衣物、汗珠一粒一粒滴在手上，隨便抓起一條內褲往臉抹了抹，也不管會不會被罵，任何抓起來的東西就往旁邊丟，過不久總算找到短短的黑色安全褲，扔進口袋跟錢包擺在一塊。

「還來、還來得及。」

歐貝爾喘著氣，衝出家連門都沒關。

她再度騎上腳踏車，沿著原路回到學校。

路途中，飢餓、疲憊、口渴……不知道為什麼，讓腦袋跟身體脫節了，雙腿就像插上電的全自動機器，以站姿全力地踩著踏板。

周遭壅塞的車陣，排出無窮的廢煙讓溫度提高，歐貝爾的汗如雨下，在墜於人行道地磚前就已經蒸發。

好熱。

意識變得有些恍惚，完全不覺得疲憊，目前奇異的狀態，勾起了埋藏於靈魂深處的回憶……

歐貝爾依舊跟在媽媽背後，翻山越嶺地行走於山林之間，到底走了多長的時間？究竟走了多遠的距離？中央山脈竟然如此廣闊，像是永遠找不到終點的謎團。

媽媽好像一直在尋找什麼，有的時候找到一個地點築巢，睡了一覺之後又再度出發，路上找到什麼吃什麼，有的時候什麼都找不到，自然就沒有任何食物能吃。

不斷、不斷地移動，歐貝爾心中的恐懼也不斷、不斷地增加，總覺得一輩子都得消耗在沒有終點的旅途中……

面對著媽媽的背影，那是一片孤寂的黑色，似乎很久不曾轉過身來了。

「媽媽……妳到底在找什麼？」

「歐貝爾，妳，在害怕什麼？」

「我、我不知道。」

「不，妳知道。」

一連串急促喇叭聲硬生生將歐貝爾從深度的回憶中扯出。

她回過神來，才驚覺自己騎在路中間，穿梭在走走停停的車潮中，帶有批評意味的喇叭，逼迫她立刻駛離快車道……抬頭看了一眼，發現自己已經快要到達學校，再不靠向路邊停車，恐怕會騎過頭去。

「太神奇……一定是媽媽的庇佑……真好、來得及吧……」

當原本切斷的腦袋與身軀再度連結，迎來的是深入骨髓的酸痛與無論怎麼呼吸都喘不過氣的暈眩。使盡全力，中途不休息，高壓地奔馳這麼長的距離，即便是臺灣黑熊的健壯體魄都可能吃不消，何況是經過轉生的嬌小人類。

左轉，準備駛上人行道，距離學校大門不過三十公尺、距離瀕臨絕種團上臺還有三分半鐘。

一輛重型機車恰好竄出，正中歐貝爾的腳踏車。

可能是量級差距太多，重型機車恍若未覺，速度不減繼續高速行駛離去。

歐貝爾倒在人行道上。

附近的攤商與路人熱心地圍上來關切。

「沒事、沒事的……」歐貝爾試圖爬起來，但狼狽地滑了一跤，「謝謝大家，我、我很好，在撞上之前、之前就已經跳車……」

「要不要叫救護車？」

「不用不用，我還有急事……」歐貝爾第二次順利站起，打算牽腳踏車去還，

「抱歉，大家請……請大家讓一讓……」

她吃力地拉起倒地的腳踏車，張口喘著氣，慢慢地來到公共單車租借站，可是無論怎麼推、無論怎麼插就是無法還車，車頭根本進不去停車柱。

「小妹妹，妳的前車輪已經整個被撞歪掉了，應該是沒有辦法還車。」

「對不起，那、那我該怎麼辦？」

時間一點一滴在流失，尤其是經過剛剛的意外，就連多吸幾口氣的時間都沒有了。

「沒關係，妳先擺著，阿姨在這邊替妳顧。」

「謝謝妳、謝謝妳！」

歐貝爾一個鞠躬，轉頭就向校內奔跑。這時候個子小的優點就顯現出來了，穿過層層人群，毫不費力。

越靠近操場，越能夠清楚聽見十五、露恰的嗓音，校歌已經唱到最後的尾聲，她的腳步加得更快，一定要趕上最後最後的機會。

畢竟是校歌，並不用跳舞，十五的內褲應該是安全的……果然沒錯，正如同歐貝爾所想，十五與露恰並肩站在舞臺中央，嚴肅而且凝重得像個神聖的雕像。

「請……請把這個轉交給十五。」

趁這個機會，歐貝爾來到舞臺旁邊，找到負責控管整體校慶活動的組長。她的手準備伸進去口袋，但是赫然發現手掌都是血跡和汙垢，萬一弄髒了安全褲就不好了。

於是歐貝爾不好意思地笑了笑，忍著掌心的傷，在胸口的衣服上擦了擦，小心地把安全褲交給組長。

組長的表情變得很不一樣，認真地點點頭，就去找主持人，希望能夠在校歌唱完之後，製造出一分鐘的空檔，讓瀕臨絕種團先退至後臺，整裝完成再重新登臺表演完剩下的曲目。

任務順利完成，歐貝爾覺得壓在胸口的大石總算放下。但怪異的是，大石好像散成更多塊一一綁在雙手雙腳上，現在每走一步，全身的肌肉都在哀號、關節紛紛發出可怕的悲鳴。

繞著最不引人矚目的路線，歐貝爾來到所有觀眾的背後，最遙遠的觀眾席，疲憊地一屁股坐下。

瀕臨絕種團再次登場，一掃剛剛唱校歌時的嚴肅，活力四射的舞蹈動作與嘹亮的嗓音，立即讓一大群男學生坐不住，賣力地鼓掌叫好。

「有光啊……」歐貝爾虛弱地描述著親眼所見。

實際上舞臺沒有光，畢竟是一間國小，沒有什麼演唱會專用的聲光特效，更何況現在是白日的戶外，邏輯上唯一的光源是太陽。

「真、真的有光……」

十五和露恰把握住每一個節奏的頓點，沒有任何的動作發生失誤，兩人的走位與站位精細到彼此擦身而過時，不會觸碰到髮絲與衣角，身體在維持如此精密運行之際，同時能維持喉嚨的穩定，對著觀眾釋放親切的笑容。

「她們……身上原來……有光……」

一根黑色的芽在歐貝爾的心田冒了尖。

就是到了這個即將失去意識的瞬間，她忽然明白一個真實的道理。

「原來瀕臨絕種團……並不需要我……」

歐貝爾終於支撐不住，被迫合上了黯然的雙眼，從髮線緩緩地流下一道血痕，路經了額頭、淌過了眉，最終沿著眼眶，像在眼尾擠出一顆黑色的眼淚，灌溉著黑色的芽。

國小的保健室並不大，可能是這裡的學生特別健康，不怎麼需要的關係……連帶著器材也略顯老舊，身高體重計的邊角有咖啡色的鏽斑，藥櫃的玻璃門有些許的裂痕，不過四周的盆栽特別多，窗臺也擺著一排仙人掌，在視覺上覺得空氣特別清晰。

天花板有兩座吊扇在運轉，發出沒上油保養的嘎嘎聲。

有兩張病床，上頭的病人只要一動，也會發出彈簧乏力的嘎嘎聲。

歐貝爾醒來，本著自我保護的反射神經，彈起身來坐在病床邊，又發出嘎嘎嘎嘎嘎嘎聲。

「沒事的，歐貝爾是我們。」露恰擔心地說。

十五嘖嘖稱奇道：「這蠢熊的防衛心是不是太嚴實了。」

「我……我怎麼……」歐貝爾口乾舌燥，見到旁邊有水馬上拿起來喝。

「妳再躺回去休息，待會校慶結束時，我跟十五要再上臺跟學生道別，之後立刻送妳去看醫生……再忍忍，半小時就好。」

「不用浪費醫藥費。」

「這不是浪費！校護說妳的手腳全是挫傷，頭頂也破皮了。」

「原來這裡是保健室……」歐貝爾摸摸頭上的紗布，「只是破皮而已，沒事的。」

「怎麼會沒事？一個皮膚的破口會讓細菌入侵，傷處就會感染發炎，導致部分組織壞死，最終頭部都需要切除。」露恰很著急。

「不要亂切除我的頭！」

「果然露恰一見到這熊昏睡的樣子，理智值就直接歸零了。」十五不意外。

「妳們不用太緊張，我就是騎這趟來回不小心累過頭，現在休息完畢，依然是一頭強壯的臺灣黑熊。」歐貝爾看一看抹上消毒藥水的掌心，「在山裡生活這種小傷舔一舔就沒事。」

「歐貝爾……」露恰不太能接受。

「同胞們的手指被捕獸夾夾斷，也沒辦法去看獸醫呀……如果牠們……如果還有……牠們得知我這種小傷就去浪費醫療資源，一定會開除我的熊籍。」歐貝爾像想到了什麼，苦笑一聲。

「露恰，我也覺得不用太擔憂，剛剛校護說歐貝爾就是睡著而已，而且傷口很快就止血了。等等工作結束，好好休息一晚，等明天再看狀況判斷吧。」

「難得我們意見相同欸。」

「畢竟……這次是我的嚴重失誤，害妳跑這一趟，對、對不起。」不習慣道歉的十五說得有點結巴，「不過，辛苦的耕耘是為了飽滿的豐收，妳看這個。」

「啊啊……真不愧是被稱為錢貓的傢伙，一點偶像的自覺都沒有，又、又又又拿出這種充滿銅臭味的東西。」

「誰管妳覺得臭不臭啊？」十五蹲在床邊，將組長給自己的信封袋，用恭敬的雙手捧著，再平放到床上，淨白的臉蛋突然發紅，「反正這是我的心意，不管要不要妳都得收下。」

「妳……」

「這份是妳的。」十五取出幾張鈔票，並列平分了三份，「反正，不管未來會怎麼樣，瀕臨絕種團擁有的一切，妳都占三分之一。」

「十五……」

「所以我在想，歐貝爾，妳就一直當我們的經紀人好不好？」

「……」歐貝爾目瞪口呆。

「我知道妳私底下做了很多努力，一直嘗試、一直嘗試、一直嘗試……但是，已經夠了。」

「妳、妳在說什……」歐貝爾懷疑是不是自己聽錯了。

「真的已經夠了哦，歐貝爾不用這麼努力，其實也沒關係的。」十五一想到這段時間歐貝爾吃的苦，就不自覺將信封捏成一團，「就跟臺灣黑熊無論怎樣都不可能飛一樣呀，無法登臺就不登臺真的沒關係，白衣神沒有規定每個轉生的動物都得當偶像。」

「……」歐貝爾渾身顫抖，難以置信。

「像櫻姊，她不是偶像、不是知名人物，但還是暗中出力，幫助櫻花鉤吻鮭復育，抵抗自己的死亡連結。」

「所以……所以瀕臨絕種團、不、不需要歐貝爾了嗎……」

「不需要了。」十五沉痛地說：「但我跟露恰需要妳，一個團體要運作，只有表演者是一定不行的。」

「這……」歐貝爾求救似地望向露恰，希望露恰能說點什麼。

畢竟從小露恰就無條件地向著自己，不小心闖禍，她會一起扛；得到好東西，她會第一時間送。縱使自己提出什麼奇思妙想，比方說擔任偶像這種荒誕不經的夢想，她也會盲目地支持……

然而，沒有。

這次她沒有吭聲。

露恰只是靜靜地看著窗外，彷彿靈魂根本不在這裡。

到這一瞬間，歐貝爾才明白，這是十五與露恰共同的決定……

十五接著說：「歐貝爾，妳不用擔心，我們依然是三人一體，一起得到、一起享受。」

「那痛苦呢？也一起分擔嗎？」歐貝爾幾乎是用泣音反問。

「不用，痛苦由我跟露恰承擔。」十五沒有遲疑，如貓的雙眸依舊清澈。

原來剛剛的噩夢是真的，在昏睡前冒尖的芽，一眨眼分裂成無限的黑色藤蔓，一層又一層地覆蓋掉歐貝爾的心田。

歐貝爾很勇敢，所以沒有哭出來，明明已經是千瘡百孔了，還是沒有哭出來……

「我明白了……讓我想一想……」她拖著氣力放盡的身體，緩緩地向保健室的門走去，「就不等妳們結束了，我……先搭公車回家。」

「歐貝爾，妳在這休……」十五還想再說。

「不用擔心，搭車回家這種事我做得到……」

歐貝爾沒有回頭。

歐貝爾也不願再見到她們。

瀕臨絕種團還是瀕臨絕種團，但歐貝爾已經不是原本的歐貝爾了。

瀕臨絕種團最後的工作結束，一直保持著敬業的微笑，跟所有學生揮手道別，下臺之後那抹微笑就像是送進火葬場的流浪動物，從煙囪化為裊裊的白煙，剩下沒有名稱的白色骨灰，隨隨便便找塊地埋掉。

面無表情的十五與露恰沒有再跟所有工作人員一一道謝道別，就直接奔向組長安排的專用休息室。幾乎像家中失火準備逃難，連演出服都不想換了，妝當然也不

可能再浪費時間卸，所有的雜物跟衣物，不想再去細分，全部塞進同一個大袋子裡。

她們一人提著一個，準備趕回家去。

沒想到剛打開休息室的門，負責這一場校慶的組長以及一名陌生中年男子正好站在外頭。

「十五、露恰今天真是辛苦妳們了，學生的反應很熱烈，校長看得特別開心，交代這個小禮物要送給妳們。」

「喔，好的。」本來是不應該再多收別人的禮物，只是十五不想在這個地方推託下去，乾脆客客氣氣地收下，「謝謝你們，我們一定會好好使用的。」

背後的露恰一直不發一語，很陰森。

這種時刻除了趕快讓露恰確認歐貝爾沒事之外，沒有第二種可以解除目前狀況的方式。

「不好意思，打擾一下妳們的時間，這位是我的老同學，姓周。」組長親切地介紹身邊的中年男子，「女兒也是我們學校的學生，他今天在臺下觀看，對妳們是讚不絕口。」

「呃，多、多謝，我們很開心。」

根本就不擅長對外工作的十五，遇到這樣子的情況，向來是躲在最後面，用事不關己的姿態冷眼觀察……不過現在經紀人不在，露恰又是一副想把人拖進水底溺死的模樣，只能靠自己硬著頭皮應對。

「本來我只是陪孩子來，順便跟老師聊聊，沒想到聊天過程中，意外聽見妳們的歌聲，非常吸引我，便跟老師告罪，跑到操場上去看妳們的演出……當然我還沒辦法用『優秀』、『職業』這樣的辭彙形容，不過，以一塊未雕琢的原石來說極為罕見。」

「感謝你的評比，但、但是我們……」

「我沒有聽過『瀕臨絕種團』是一件奇怪的事，就算妳們是剛出道的地下偶像，我應該也會聽說……唯一的可能就是妳們是自己經營的野團，還處於學生社團那種階段。」

「那個……我們會繼續努力。」十五根本就沒在聽，專注力全放在背後的露恰上。專注力是指上輩子在野外生活，自動偵測危機的那種專注力。

「我可以問一下，妳們對未來有什麼夢想嗎？」

「……」

「一定有吧。」

「……」十五都快被身後的冷氣團凍死了，哪有心情談什麼夢想，只能隨口搪塞道：「大概是……地下街唱跳大賽。」

「喔我知道，是近期的比賽……不過妳們的夢想未免太渺小，不，穩紮穩打也是不錯的優點。」

「渺小也沒關係，那我們就先回去了。」十五牽起露恰的手。

組長察覺到氣氛不對，連忙笑罵道：「喂喂喂，周經理，好歹要先自我介紹吧，不然誰知道你在講什麼。」

「我就是不太想過早表明身……唉，算了、算了。」周經理從長夾中取出名片遞了出去，「我是幻魚娛樂的經理，主要是替公司物色旗下的藝人。」

他很少說得這麼白，過去光是提到幻魚這兩個字，眼前的少年、少女們的雙眼都會發出一種特殊的光芒，宛如打開藏寶箱的瞬間，珠光寶氣所流瀉出的七彩斑斕。

緊接著會變得很殷勤，表現出過度的企圖心，清晰可見的城府，他並不喜歡。

要不是瀕臨絕種團給他的印象實在是太過單純，否則他絕對不會刻意提到「替公司物色旗下的藝人」這種關鍵的字句。

而十五實在不想接過這張名片……

此時周經理旁的組長對十五眨眨眼，傳遞著無比的善意與熱情，就只差沒直接說出「要好好把握住機會喔」。

今日活動組長對瀕臨絕種團真的是百般照顧，就連現在其實也算是照顧的一部分，十五沒有理由不接過這張名片。

「謝謝……你們。」

「別謝得太早，未來會怎麼樣還得看妳們的選擇與表現。」周經理侃侃而談，「地下偶像的市場越來越競爭，而且不是團與團的競爭、不是公司與公司的競爭，實際上是日系與韓系的競爭，各種為了爭奪流量的終極大亂鬥。」

「……」十五想去死了。

「目前我在妳們身上沒有看見統一的風格與明確的路線……但是別擔心，沒有專人打點，沒有團隊輔佐，妳們獨自盲目摸索，會有這樣的結果很正常。」

周經理還在說，所幸組長發現十五的臉色不對，刻意打斷道：「你要長篇大論好歹也請人家到餐廳去說，她們忙到現在連中餐都沒吃，還得在這罰站聽訓，像樣嗎？」

「這……確實是我失誤，這樣吧，妳們換個衣物，我們一起去餐廳。」

「不好意思。」十五不能讓眼前的怪人繼續自彈自唱下去，「我們跟朋友有約了，現在快來不及。」

組長跳出來打個圓場道：「啊！我這老同學只要發現優秀人才就會情不自禁，如果有什麼冒犯請見諒，他真的沒有惡意。」

「我們當然相信組長，只是不好意思讓朋友多等。」十五用掉的耐心已經超過半年總和。

「好的、好的，快點去吧。」

「嗯，守時是很重要的特質，抱歉耽誤妳們的時間，記得打電話聯絡我。」

十五沒有再多耽誤時間去道別或是說客套話，直接拉起露恰的手離開。

今天的工作結束了——在如此詭異的情況下。

回到家，反而是露恰先衝進家門。

歐貝爾不在。

縱使這早就是意料之中的事，露恰還是全身僵硬地站在客廳中央，遲遲沒有辦法坐下。

進入房間搜查的十五，臉色蒼白地回到客廳，茫然地說：「這頭蠢熊把她的東西全部帶走了……除了一封信，什麼都沒留下。」

「什、什麼信？」露恰乾澀地問。

十五打開客廳的燈，讓光芒稍微驅散這格外濃厚的黑暗。

原本應該是晚餐時間，食量特別大的歐貝爾會提前準備好三個人的餐具，然後坐在自己的位置上搖晃著雙腿，期待露恰或十五會帶回來怎樣的食物，等著在享受美食的同時，跟大家分享今天有趣的際遇。

燈光照在餐桌上，餐桌是空的，當然也沒有人。

原本還在爭執使用空間不夠的屋子，居然可以變得這麼空曠，甚至空得有點冷……

「欸，我突然想到……歐貝爾曾經有過自己一個人在外面過夜的經驗嗎？沒有，對吧？上輩子是臺灣黑熊，或許有辦法在荒郊野外生存，但現在已經是人了啊，獨

自跑了出去，是要睡在哪裡？公園嗎？萬一遇到壞蛋怎麼辦？」十五扔出一大串的問題。

「我不知道……」露恰只有這個答案。

「等等，或許信中會有消息。」十五比實際的表現還慌張，以至於差點忘記關鍵的線索，用力地攤開廣告單，念起書寫在背後的字，「不必擔心、不用找我，過陣子就會回來，歐貝爾敬上。」

「這、就這樣？」

「是啊，這頭蠢熊到底在做什麼。」

「……」

整個空間像是停滯了，十五與露恰各自用不同的表情和姿勢凝固，如同陷入深層的透明泥沼中，被隔絕在現實的世界之外，連試圖掙脫的動力都沒有，比擺在原地千百年等待自然風化的雕像更虛弱。

身上還是那一套演出服，但比起校慶舞臺上的活力四射，現在彷彿成了一朵即將枯萎的白花，沒有顏色，更別說是光芒。原先用來展示笑容的妝，全成了不切實際的掩飾，無法掩飾掉此刻的悲傷、擔心、遺憾，甚至是沉重的自責。

到底過了多久？

一刻，也可能是一世紀……

十五幽幽地說：「是我錯了……對不起……」

「是我們錯了。」露恰有些哽咽。

「我原以為舞臺恐懼症是來自歐貝爾想成為偶像的壓力，所以、所以才天真地認為……如果沒有偶像這個目標，就不會有逼自己必須上臺的壓力……沒想到……」

「沒想到歐貝爾的壓力是更深、更深的東西，我們太小覷了，都錯了。」

「現在該怎麼辦？」十五垂下頭。

「我們……」露恰的肩膀輕顫。

「無論如何，就算是用捕獸籠，也要先將歐貝爾帶回來。」

「我們……先去洗個澡，然後吃一頓晚餐吧。」

「……咦？」

十五懷疑起剛剛親耳聽見的，抬起頭，露恰已經擦乾淚水，沒有開玩笑的意思。

「要相信歐貝爾，她要我們不要擔心，那我們就不要擔心……她要我們不要找……那、那我們就不要找。」露恰完全在故作堅強。

她在逼迫自己相信一段自己根本不信的承諾，全身都在劇烈地顫動，只有淚腺勉勉強強鎖住，彷彿自己要是哭出來就是一種對歐貝爾的質疑，甚至是一種背叛。

可是臉上的妝早就花了。

「為、為什麼……」十五哭了，大哭。

露恰轉頭就走向廚房，刻意維持往常的口吻說：「十五，先去洗澡，我把飯菜熱一熱，很快。」

「露恰……妳到底是為什麼啊？」

十五的問句包裹著太多太多的問題，現在真的是吃飯跟洗澡的時刻嗎？歐貝爾一個人在外面安全嗎？能夠找到吃飽飯跟洗澡的地方嗎？離家出走之後，過去的壓力就能夠釋放嗎？

她突然覺得自己好笨，為什麼什麼都不懂？為什麼會有那麼多的問題？

其中，最困惑的，是露恰對歐貝爾近乎盲從的信任。

在平時露恰對歐貝爾的照顧可謂是無微不至，一天二十四個小時，就沒有一秒鐘是放鬆的、可以安心放手的。

那為什麼在歐貝爾突然離家出走的關鍵，這無法解釋的信任可以大過一切的懷疑呢？

在心底最深處的陰暗角落，其實，十五對這種信任感到羨慕……

現在算早上還是中午，十五沒什麼概念……

昨晚嚴重失眠，在接近清晨時分才不小心睡著，等到起床之後精神狀況仍是不佳。十五刷好牙、洗完臉，走到客廳發現一切如常，物品的擺設井然有序，地板與家具一塵不染，在溫和的日光中反射著全新品才有的獨特光彩。

太正常了。

所以太不正常了。

十五一臉困惑。

露恰顯然已經完成例行的清潔工作，繫著印有可愛水獺圖案的圍裙，繼續在廚房不知道張羅著什麼。

「露恰？」

「十五起床啦。」

「抱歉，我睡得太晚……」

「沒關係，畢竟昨天工作一整天嘛。」

「妳不也是……」

「我沒關係，反正也不想睡。」露恰端著一份午餐出來，擺在餐桌上面，「快來吃午餐吧，一定餓了。」

「喔好。」十五惴惴不安地坐在自己的位子，驚覺今天的午餐是蛋包飯，乘蛋包飯的盤子有隻用番茄醬繪出的Q版石虎，可愛得要人命。

露恰微笑道：「喜歡嗎？」

「好厲害，什麼時候學的呀？」

「之前不是扮女僕給歐貝爾嗎？當時就在偷偷練習了，可惜……沒機會畫臺灣黑熊給她看。」

「……歐貝爾遲早會回家的。」

「嗯，我懂。」

「懂就好，妳也快吃吧。」十五將湯匙戳進蛋皮。

「我早餐吃太飽，現在還沒消化完。」露恰也坐在自己的座位，「由整塊圓鱈代替漢堡肉、新鮮海帶取代生菜的巨型漢堡，簡直是人間美食呢。」

「我們家哪買得起這種高檔食材，所以妳就是什麼都沒吃嘛！」

「反正我沒什麼食欲。」

「妳……是不是在擔心歐貝爾沒吃飯？」

「沒有，歐貝爾有吃。」

露恰舉高手打開一個釘在牆上的櫃子，首先映入十五眼簾的是歐貝爾的大頭照，緊接著是旁邊的兩束鮮花、兩根蠟燭，最後是一盤放在正面的蛋炒飯。

「歐貝爾還沒死啊！」

「當然啊。」露恰稍稍斜著頭，露出「今天的十五很奇怪」的表情。

「妳、妳放兩束鮮花是怎麼回事？」

「女孩子都喜歡花，有什麼奇怪的嗎？」

「……那更旁邊的蠟燭？」

「櫃子裡很黑，需要照明呀。」

「……」

「難道不對嗎？」露恰不解地問。

「可惡！」十五雙手抱頭，「這種明明覺得不對勁，但又無法辯駁的感覺好糟糕！」

「快吃吧，別想太多。」

「不對不對不對不對不對，為什麼歐貝爾的相片是黑白的！」

「增加文藝氣息。」

「……」

「十五，蛋包飯冷掉就不好吃了。」露恰溫柔地將櫃子合起。

「是……」十五不願再挑戰露恰目前奇異的心理狀態。

「其實從昨晚開始，我就一直在苦惱，瀕臨絕種團該怎麼辦。」露恰喝一口玻璃杯中的水，「妳說呢，十五。」

「瀕臨絕種團是歐貝爾的心血……雖然我不太樂意，但她一日隊長就是終身隊長，現在少掉歐貝爾，嗯，我們大概是不行了吧。」

「妳的意思是……」

「暫時休團。」

「……」

「無論瀕臨絕種團要繼續向前還是原地踏步，我都尊重隊長的選擇，即使歐貝爾依然上不了臺，只能擔任幕後的工作也無所謂，關鍵是……」十五頓了頓，繼續說：「她要告訴我，究竟要下什麼決定。」

「十五……為什麼……」露恰掩著嘴。

「幹麼？」

「突然變得好成熟。」

「我本來就很成熟！」

「十五不成熟的樣子就很有魅力，成熟之後更驚人喔。」露恰輕輕笑著。

「只、只有歐貝爾不在，妳有限的讚美額度才會用在我身上。」十五紅著臉，低頭猛吃。

「那是因為……十五遠比歐貝爾堅強的關係，換句話說就是十五已經強大到，根本不在意別人給自己的評價了。」

「……」

十五停下湯匙，衝動地想要反駁露恰。不在意別人給自己的評價，這點是沒有

錯的。自己並不像歐貝爾將偶像這件事看得那麼重，能夠努力練習，最後站在舞臺將成果問心無愧地展現給粉絲看，這樣就夠了，其餘人等的讚美或批判，沒有任何的意義。

愛看就看，不愛就滾，這是十五的最新座右銘。

然而，露恰不是別人，並不適用。

「在想什麼？」心細如髮的露恰不可能沒發現十五那一瞬間的黯然。十五很快恢復正常，輕輕地說：「等等吃飽飯，一起出去把歐貝爾找回來吧。」

「不可以。」

「說到底要在人類社會生活一定要用到錢，而我知道她工作的地方在哪裡，就能夠順利捕獲到一時迷失的臺灣黑熊。」

「不可以。」

「等到歐貝爾回家，我們再來好好談談吧，看未來究竟要怎麼走下去。」

「不可以。」

「好歹這頭蠢熊也是隊……等等，妳說什麼？」

「我說不可以去找歐貝爾。」

「啥？」

「我們只能等她自己回來。」

「……那瀕臨絕種團該怎麼辦？」十五有點懷疑眼前的女人到底是不是露恰了。

露恰毫不猶豫地說：「繼續向前，不停不停地往前進，要讓更多人看見我們的演出，用努力讓更多人喜歡上我們。」

「那歐貝爾呢？就這樣放任她流落街頭？」

「或許吧，我不知道。」

「……」

「但我肯定瀕臨絕種團的成功，是歐貝爾想要的。」

「妳這樣想太一廂情願了，要是她永遠不回來怎麼辦？要是她早早就放棄偶像這條路怎麼辦？我們現在應該是停下腳步，等待她準備好，再一起往前吧？」十五相當錯愕，這種根本是理所當然的事，沒想到還要特別說出來。

「不可以。」露恰淡淡地說。

「為什麼？」

「因為歐貝爾的夢想是瀕臨絕種團的成功。」

「……」

「因為歐貝爾一定會跟上來。」

露恰一口氣喝光杯中的水，此時眼神的冷意中帶著狂熱，猶如水潭中因沼氣外洩而燃燒的火，明明是火焰，貨真價實的火焰，但撲上十五臉的不是熱浪，而是沁入骨髓的陰寒。

「有時候我真的覺得妳很溫柔，有時候我又覺得妳無比殘忍……」

穿上外套的十五如此說道。

家裡的電話響了，露恰去接，恰好沒有聽到。

「混蛋、混蛋混蛋，露恰跟十五都是大混蛋！居然到現在還沒出來找我。」

深夜的公園，在天亮之前，最冷、最黑的時刻，歐貝爾獨自坐在鞦韆上，讓溼潤的泥地出現一道前後搖曳的孤影。

她背著一個大背包，所有的家當都在裡面，除了錢。

原本是打算找一間便宜的旅社度過第一夜，再仔細思考下一步該怎麼走，沒想到在天黑後，進去旅社才驚覺自己身無分文。

一路走向家的方向，直到最靠近家的小公園，歐貝爾沒辦法再往前多走一步。

離家出走不到四小時就回家，十五一定會活生生笑死吧，就算是露恰一定也會擺出「真拿這孩子沒辦法」的慈母笑容……但她自認臺灣黑熊就是皮厚，自尊這種東西早就在夥伴面前銷毀許多次了，根本不重要。

「妳，在害怕什麼？」

被黑暗包圍的歐貝爾，憶起媽媽曾說過的話。

她並不是特別喜歡溜鞦韆，只是繞了公園一大圈，正好這裡有一盞尚能發光的路燈，待在死寂的白光中，可以稍稍壓抑內心深處的畏懼。

公園的黑暗，跟過去深山中的黑暗不一樣。

山裡頭，歐貝爾身為食物鏈最頂端的動物，打從心裡就沒有畏懼這種情緒。換句話說，她就是黑暗的一部分，隨時可以獵捕掉生命；可是，就在這白天看來毫無危險的公園，趁著夜色悄悄地匯聚許多奇奇怪怪的人。

總覺得有不自然的黑影，躲藏在漆黑中伺機而動，無法分辨周遭究竟有多少

人，更別說去區分是好人或是壞人，未知與危險靜靜地合在一塊，融合成有一個具體形象的恐怖。

「有點、有點可怕……」

可怕到歐貝爾能夠忍著被嘲笑，開始祈求露恰和十五趕快過來找自己。

「……是不是，有三道……不，四道黑影正在靠近啊？」她打著哆嗦，卻不敢放下鞦韆，心想至少這裡還有光芒，總比其他伸手不見五指的地方好。

而且臺灣的治安很好，沒有那麼多壞人的；或許因為黑暗的關係，才會覺得黑影很可怕，要是換成白天，說不定就是很和善的流浪漢大叔啊……可惜就算是用這種說詞來說服自己，也沒有半點降低恐懼的效果。

屁股有點坐不住了，黑影朝自己靠近的企圖越來越明顯，窸窸窣窣的腳步聲清楚到可以計算踏出了幾個腳步。

歐貝爾抬頭看著不遠處的家，只要用全速奔跑，不用三分鐘就能夠抵達了。露恰跟十五會敞開雙臂迎接自己歸來，溫暖的浴缸放滿冒煙的舒適熱水，洗出來就能看見香香的飯菜，吃個飽飽就能去躺在露恰的大腿，享受十五愛與嫉妒的熾熱視線。

黑影已經清晰地呈現四人的身影，彼此近到能輕易判斷高矮胖瘦……

「你、你們不要過來……」

歐貝爾再看一眼不遠處的家，漸漸的，家變得模糊。

「好想回家……想回有露恰跟十五的家……」

不能再裝作沒發現對方，對方很顯然是朝自己而來，原本天真地以為假裝沒注意，彼此就能若無其事地擦身而過，但歐貝爾終究是認知到自己在深夜的公園……是多顯眼的存在。

她抹掉眼淚，雙腳站在地上，必須放棄這片珍貴的光芒，不得不也走進沒有顏色的黑暗中。

「好想回家……但是、但是……」

歐貝爾開始逃，卻選擇跟家相反的方向。

「但是……我不能回去，現、現在要是回家……我就再也回不去瀕臨絕種團了……人家、人家才不要……」

加速奔馳，她對自己逃避危險的能力有自信，不過，身後的腳步聲一直沒有消失，無論跑得多快，還是沒有辦法擺脫。今天才剛透支體力昏倒，導致現在每跑一步的消耗是過往的三、四倍，就快要喘不上來了。

繼續下去一定會被追上的。

幸好歐貝爾再度瞧見了光芒，越近越能看清是亮燈的公廁，天生的趨光性促使她過去，打算暫時先躲起來，等到危機過去。

這個時候的女廁不會有人，隨便找了一間進去，拉上門，坐在馬桶上，瑟瑟發抖。

非常遺憾，腳步聲也進了女廁……

歐貝爾的雙手死死壓住自己的嘴巴，就是怕喘息聲會從指縫流瀉出來，眼淚都因此擠壓而不斷滑落。

腳步聲更近了，伴隨著門一間一間被拉開的驚悚聲響……

「嗚……嗚……」

歐貝爾覺得自己的心臟承受不住了，不管怎麼雙手壓迫，恐懼還是不斷地滲出。

終於，腳步聲停在歐貝爾的面前，就只隔著一道門板，不到一公尺的距離。

「不……」

她的瞳孔忽然放大，赫然發現自己忘記鎖門！

趕緊伸出沾滿淚水的手……

在觸到門鎖之前。

慢了！

門被猛然拉開！

「不要！」歐貝爾發出淒厲的悲鳴。

「妳幹麼一直跑啊，歐貝爾？」

叫出自己名字的人不是露恰、也不是十五……

「是、是櫻姊……嗎？」

「好久不見了，妳還是跑得這麼快呢。」

「嗚哇哇哇哇哇哇哇哇哇哇哇哇……」

歐貝爾衝進櫻姊的懷中放聲大哭，是劫後餘生或者是喜極而泣，反正現在也搞不清楚了。

機會

歐貝爾離家出走的第三天早晨。

十五驚醒，但是沒辦法從床上坐起。

外頭的太陽光透過窗簾之後，被削弱成蛋清的顏色，有一點糊糊的，看不太清楚，甚至會開始懷疑自己是不是還停留在剛剛的夢中。

之所以會在熟睡中驚醒的原因，是因為十五很明顯地感受到有人壓在自己身上，一開始還以為是噩夢的延伸，大概是傳聞中的鬼壓床……結果張開眼睛一看，哪是什麼噩夢啊，根本是最美的美夢。

睡著的露恰不知道是怎麼滾的，居然上半身趴在自己的胸前，兩人呈現一個大大的人字。

已經失眠整整兩天的露恰總算是睡著，睡姿依舊保有上輩子的放蕩不羈，對比醒時的客氣拘束，現在的動作算是無法無天。

露恰的額頭恰好頂在十五的下巴，淡淡的獨特體香就這樣蔓延開來。十五可以對天發誓，不管是身為石虎時聞過的各類花香，還是身為人類時聞過的各款香水，都沒有露恰的百分之一好聞。

這種味道到底是怎麼煉成的？露恰平時基本上不喝飲料，就只喝最簡單的純水，然後洗澡也不用任何大牌子的沐浴乳、洗髮乳，就只用以植物油與其他天然成分製作的肥皂。

或許不用加任何人工香精，才能夠養成這麼好聞的味道吧。

歐亞水獺是不是也很香呢？

十五開始胡思亂想，就算是右半邊的身體已經麻痺，還是連動都不敢動，深怕有任何的機會破壞了這場美夢。

今天就這樣一直躺著吧，十五的臉頰開始慢慢浮起兩團紅暈，對自己有點糟糕的念頭感到不好意思。

機會太難得了，就算是很糟糕，也要執行下去……

十五用還沒有麻掉的左手，慢慢地、再慢慢地揪起一撮露恰的灰色髮絲，更慢地、更慢更慢地挪到自己的鼻子下……

好丟臉，十五認為自己一定是失心瘋了，要是被別人發現的話，下定決心要立刻一頭撞死，來維繫石虎最後的尊嚴……不過在沒有被發現之前，多聞幾下應該沒關係吧，她輕輕地嗅了嗅，簡直像是貓咪吸到了貓草，雙眼變得特別迷茫，然後戀戀不捨地再嗅了嗅。

人生就停在這裡吧，十五對著白衣神祈求……

不過可能是太糟糕的關係，客廳外面立刻響起不識相的門鈴聲。

叮咚、叮咚叮咚！

露恰像個殭屍般彈坐起。

「沒有，我什麼都不知道，我什麼都沒做！」十五必須要解釋。

露恰揉揉眼睛，惺忪地說：「抱歉……我是不是睡過頭了，早、早餐也還沒做。」

「沒關係，今天我來做，交給我！」十五充滿活力。

叮咚、叮咚。

「這麼早，外面的人是誰呀？」

「不知道，我去看看……啊……」十五想起來了，是一椿本來沒放在心上的約定，「因為歐貝爾不在，我想說上去更新一下社群網站，沒想到收到一封私訊，說要見面談合作，看起來就像是詐騙集團，所以我就隨口敷衍說好。」

「那對方怎麼有地址呢？」

「她問我。」

「妳就說出真的地址了……」

「總、總覺得我要是說謊，就跟對方一樣是詐騙集團了啊。」

「這種對外交涉，果然沒有歐貝爾是不行的。」露恰無奈地苦笑。

「嗯……那我去打發對方，妳再多睡點沒關係。」十五跳下床，「公關我的確不行，但是當壞蛋沒問題。」

「那就麻煩妳了。」

「一分鐘內搞定。」

十五殺氣騰騰地奔出房間。

確認十五去應門，露恰忽然面紅耳赤地抓起自己的髮尾，焦慮地聞了聞，肯定沒有怪味才鬆口氣……

「還好……昨晚洗得很乾淨，沒有什麼臭臭的味道。」露恰下床走進浴室，過意不去地喃喃自語：「替十五蓋被子，結果反而睡死了，真是失職、真是丟臉……露恰還不趕快振作起來！到底在做什麼……加油露恰，妳可以的露恰！」

進去刷牙洗臉並沒有用掉多少時間，當她換上一套乾淨的居家服，信步前往客廳，準備問十五早餐想吃什麼之際，居然發現沙發坐著一位陌生的女人。

女人穿著一套標準的ＯＬ套裝，可是完全沒有給人精明幹練的感覺，大大的厚框近視眼鏡，沒有紮進裙子裡的衣襬，兩條過長的袖子……看起來像傻乎乎的書呆子，第一天進入職場。

而且這傻乎乎的感覺立刻得到了驗證，女人一見到露恰就雙眼放光，二話不說地衝了過來，交出了一張卡片、一張名片。

「露恰！我叫做丹丹，我是妳的粉絲，請幫我簽名！」

一旁的十五恰好端著一杯水過來，也是一臉百思不得其解的樣子。

露恰低頭看了手上的兩張卡，一張是制式的名片，上面最顯眼的是「深海經紀」這四個字，另一張則是自己的相片。

「怎麼會有，這……」

「這是我下載妳們分享在網路上的表演影片，一幀一幀地抓出來挑，然後進行畫質還原，列印出來的相片，最後通過護貝機變成我個人收藏的珍貴偶像小卡片。」丹丹拿出奇異筆，著急地解釋，「這是我個人的收藏，平時絕對沒有第二個人看到，沒辦法，誰叫妳們都不出周邊商品，急死我了。」

露恰接過筆簽在自己的相片上，依然是一頭霧水。

「坐下來，喝、喝個水吧。」十五端著兩杯水，對狀況也不清楚。

「是的，快過來一起坐。」丹丹拉露恰坐在旁邊，宛如在自己的家。

等到三人坐定，露恰與十五面面相覷，整個客廳瀰漫著無形的尷尬粒子……

倒是丹丹絲毫不以為意，用力地彎腰低頭，額頭都快撞擊到自己的膝蓋，自責地沉聲道：「在這個時段叨擾，實在非常不好意思。」

「呃……沒關係。」十五也只能這樣說。

「會選在這個時刻是迫於無奈，因為一個半小時後我就得出現在高鐵站，跟同事與『萌十字』的團員一起南下，在劇場駐演兩個月了，當然我們可以透過視訊對談，但親眼見瀕臨絕種團一面是為了滿足個人的私欲，對不起。」

「呃……多謝妳的坦白，不過兩個月後再談也沒關係。」

「不可以，這樣子我會心猿意馬，一心一意地期待跟妳們見面，反而耽誤萌十字方面的工作。」

「⋯⋯」

「我們深海是剛成立不到兩年的小型經紀公司，同事不多，旗下的偶像團體也只有一組三個人，但是，我們的目標是進軍世界，往上征服珠穆朗瑪峰，往下征服馬里亞納海溝，在這個地球的兩極開演唱會！」

「⋯⋯」

「我知道妳們會認為我是神經病⋯⋯」

「呃⋯⋯我只是想先提醒，先不論環境破壞的問題，在這兩個險地開演唱會，團員會很容易死掉哦。」

「別擔心，夢想我們會一步一步實現。」

「請馬上放棄這個夢想，拜託。」

「關於這個我們就先放在一旁。」丹丹面不改色地說：「有一天我在網路上看見妳們表演的影片，覺得驚為天人。」

「這⋯⋯還是要謝謝妳的讚美。」十五其實是在想要怎麼擺脫這個瘋子。

「尤其是露恰。」丹丹比出愛心的手勢，「我愛妳呦！」

「謝謝妳的支持。」露恰落落大方地接受。

反而是十五有點不是滋味，其實對方有沒有稱讚自己一點都不重要，但在自己面前對露恰比出了愛心手勢，總覺得有幾分挑釁的意味。

丹丹繼續說：「雖然本社的資源，要同時負擔兩個偶像團體有點困難，不過我還是以死纏爛打、打死不退的精神，成功說服了我們社長，希望能夠將妳們納入我們旗下，加入征服世界的行列。」

「喔，不了，沒有興趣，請回吧。」十五終於找到送客的機會。

「請不要擔憂資源的問題，我，丹丹，勢必為瀕臨絕種團奉獻自己的心臟，每一分每一秒都為妳們跳動，成為專屬而且無所不包的經紀人。」

「我擔憂的就是妳啊！」

「請給我一個機會，瀕臨絕種團的成就絕對不僅僅於此。」

「請回去吧。」十五率先站起來，準備動手去拉。

露恰先一步拉住十五的手臂，認真地問：「請問，瀕臨絕種團有幾名成員？」

十五轉過頭看向露恰，露恰的雙眸直視丹丹，丹丹感到十分不解。

「我猜妳應該不清……」

「當然是三位啊，我不清楚為什麼歐貝爾在最近的兩場演出都沒有登場……但我可是從她創建瀕臨絕種團粉絲團的第一時間就按下追蹤的女人。」丹丹沒有遲疑，連一秒鐘都沒有。

十五睜大雙眼，接著緩緩地坐下。

露恰欣慰地微笑，這是歐貝爾離家出走之後唯一的笑容。

「既然丹丹的時間有限，那我們趕緊談談吧。」

「露恰……這樣真的好嗎？」

「只要能幫助瀕臨絕種團前進，任何的方案我們都要參考。」

「即使歐貝爾……」

「對，即使歐貝爾不在。」

露恰希望十五相信自己，而十五也跟著點頭選擇相信。

丹丹不明白為什麼光只是幾個眼神就能讓相當強勢的十五改變質疑的神情，態度一百八十度大轉變，但依靠基本的察言觀色也可以明瞭，自己的心願最少達成了一半。

現在不是粉絲時間了，丹丹拿出專業人士的氣勢，詢問道：「請問歐貝爾目前的狀況？」

十五的臉色突然難看起來……

「咦？我、我是不是問了什麼不該問的……真是、真的是很對不起，畢竟團體中難免會有不好的事，不方便對外公開的事，我懂，我通通都懂，聽說有些地下偶像團體也會遇上這種問題，難免會因為各種因素分分合合的。」丹丹不停道歉。

「呃，不是，我們團體中沒有內鬥，感情相當融洽。」十五特別強調。

「那真的是太悲傷了……」丹丹推起眼鏡拭淚。

「蛤？」

「太奇怪了，歐貝爾怎麼會仙逝呢，嗚嗚嗚……」

「得出這種結論的妳比較奇怪吧！」

十五真的認為再這樣子下去對自己的腦血管不利，很生氣對方為什麼要這樣觸歐貝爾的霉頭。

丹丹顫抖的手指慢慢抬起來，指向餐廳牆壁上沒有闔緊的櫃子，隱約可見歐貝爾的黑白色相片、兩根點燃的蠟燭以及一盤素果。

「啊……」十五頓時明白了什麼。

露恰嚴肅地說：「歐貝爾現在在外修行，一定會更上一層樓，所以請妳不要產生這麼糟糕的誤會。」

「那妳就不要擺一盤水果讓別人誤會啊！」

不行了，十五真的忍不住，關於這個嚴重的毛病，一定要趁這個機會說清楚。

「咦，可是、可是，歐貝爾真的很喜歡吃水果嘛。」露恰完全沒有要改善的意思。

「是我的錯，居然產生了這麼離譜的誤會，跟露恰一點關係都沒有，為了紀念暫時分別的朋友，很多人都會使用相片跟水果的，這個相當尋常，不值得大驚小怪。」

丹丹是個人才。

「馬上把妳的粉絲濾鏡給我收起來！」

「關於我們剛剛提到的話題，請允許我用 PowerPoint 展示。」

「不准無視我！」

在十五的怪叫聲中，深海經紀與瀕臨絕種團進行第一次的小型會議，過程可以說是相當融洽……

吧？

「原來這就是練舞室……」

十五環視了一圈，看了深海經紀公司附設的練舞室，感到幾分新奇。

整體的場地並不大，只有一間教室左右的空間，可是三面牆全部鋪滿了鏡子，如同進入了一個無限增殖的奇幻空間，彷彿進入意想不到的夢境。

像是室內籃球場的防滑木質地板，運動鞋走在上頭會產生唧唧的聲音，可是又莫名得順滑流暢，十五情不自禁輕輕地原地跳躍，感受著雙腳得到的回饋，真的比樓頂的水泥地好太多了。

天花板超過二十盞明亮的燈，通過鏡子交互反射，成為覆蓋全場每一個角落的光。

站在場中央，會有一種被光線包覆的奇異興奮感，會產生自己是大明星的綺麗錯覺。

「怎麼樣？是不是很棒！」丹丹的爽朗嗓音透過手機的揚聲器發出來。

十五沒有辦法嘴硬地否認，鼓起雙頰生著悶氣，露恰拍拍她的肩膀，算是給予安慰，坦率承認別人的優點也會是自己的優點。

「或許這間練舞室比起別的公司來說，根本就算不上什麼，可是我們社長投入了最多的資源在這，也算是他從未說出口的野心吧……畢竟旗下只有萌十字這個團體，實在是沒必要特別打造練舞室。」

「很漂亮，我沒想過能在這種地方練習。」露恰很坦白，也希望歐貝爾能過來看看。

「盡量使用吧，反正這段時間都沒有人會跟妳們搶，不管什麼時段只要跟管理員說一聲就可以了。旁邊的浴室、更衣室、休息室都能隨意使用，很抱歉沒辦法親自帶妳們參觀。」丹丹在幾百公里之外。

「謝謝，我們會謹慎使用。」露恰再寒暄了幾句。

通話結束。

露恰回憶起五天前和丹丹聊到她錯過高鐵班次的初次見面。

彼此其實沒有聊到特別細節，基本上都是丹丹一個人說話，描繪著瀕臨絕種團未來的模樣，而那時的瀕臨絕種團是完整的、三個人的。

當然，一名不知來歷的人，說出口的未來未必可信，然而露恰很肯定，至少丹丹對自己的話深信不疑。

因為歐貝爾不在便難以決定的心，開始有了轉變。露恰冒出一個想法，如果有個專業經紀人負責對外，是不是就能減輕歐貝爾背負的壓力？所以再看看吧，跟十五一起再多看看。

今日就來看看了。

深海經紀真的不是什麼大公司，走進練舞室的途中，辦公室的桌子僅有五張，連社長也沒自己的獨立空間，像個大鍋菜全拼湊在一起。

看得出來旗下的萌十字南下駐點演出是年度大事，全社出動支援，獨留負責管理與清潔的阿姨顧家。

「聽說他們有負責教唱歌的老師。」露恰微笑著。

「嗯。」雙手抱胸的十五應了聲。

「也有幫忙編舞、排動作的老師。」

「嗯。」

「還有免費的伙食。」

「……特別跟我說這個幹麼，我、我又不是貪吃的歐貝爾。」

「我的重點在免費，不是伙食喔。」

「……」十五警戒的身軀一震，沒想到還是被掘出破口，「那、那也不代表我就得加入。」

「我沒有要強迫十五的意思，我只是希望……和十五一起思索簽下經紀約的好處跟壞處。」露恰摟著十五的腰，俏皮地左右搖晃。

「妳、我、歐貝爾，三人團體就剛剛好，幹麼讓陌生的人摻進來，我們沒有舞蹈老師，可以看線上影片觀摩學習，我們沒有歌唱指導，可以認真練習……」十五被迫左右晃動地說：「我們沒練舞室，但有一個視野寬闊的屋頂啊。」

「冬天練習超冷的喔。」

「跳、跳久就不冷了。」

「說得也是，那好處呢？」

「沒有。」

「那由我說說好處吧。」露恰的頭靠在十五的肩，「我在想，如果有外人協助，說不定我們就能知道要怎麼和歐貝爾一起克服舞臺恐懼症。」

「……」十五啞然。

「最初歐貝爾建立瀕臨絕種團的初衷還記得嗎？」

「利用演出讓更多人認識我們，進而傳遞出環境保護與野生動物保育的重要性，讓同胞們永續生存，抵抗可怕的死亡連結。」

「沒錯。」

「既然沒錯，不加入經紀公司也可以。」

「的確是，不過歐貝爾是希望瀕臨絕種團能夠聯合更多的人類，從頭到尾都沒說過我們必須要單打獨鬥喔。」

「誰、誰管那頭蠢熊說什麼？」十五倔強地說。

露恰笑道：「可是十五就是認同歐貝爾的理念，才加入瀕臨絕種團的吧？」

「這、這個，這個我不知道啦。」十五嚷嚷道：「趕快抓緊時間練習啦，萬一以後用不到這個場地怎麼辦？露恰是笨蛋。」

「是，呵呵。」露恰伸伸懶腰開始熱身。

十五去音響那邊調整音樂。

碰巧露恰的手機又再度響起，是全然陌生的號碼，一想到說不定是歐貝爾借電

話打回來報平安，立即點下通話鍵。

「喂，妳好，我是周經理，上次我們在學校見過一面，只是……一直遲遲等不到妳們的電話，擔心是名片掉了，就透過老同學那邊拿到了妳們的號碼，想說乾脆打一通電話來問候。」

「你好，我是露恰。」

「喔，就是當天一直沒有開口的女孩。」

「是的，也感謝你的問候。」露恰客氣地道謝。

「妳們過陣子到我們公司來吧，地址Google一下就有了，我們約個時間……」

周經理像是在翻閱自己的行程表，語氣拉得特別長。

「不知道需要我們過去的原因是？」

「熟悉一下新環境，談談經紀約的內容吧。」

「關於這點，其實我們現在已經有心儀的合作對象了。」

「……」

「很不好意思，我們就不過去打擾了。」

「……下週三的中午我有時間，好歹讓我請吃一頓中餐吧？」

「這個……」露恰很想拒絕，但說到底對方算是相當客氣，更別說組長曾經幫過瀕臨絕種團大忙，光就這一層的情誼，便不好意思太直接地拒絕，「我們會很不好意思。」

「不會，就是聊聊天而已，那先這樣吧。」周經理很乾脆地掛掉電話。

露恰愣愣地看著失去通話的手機，實在是猜不到對方的想法，或許這就是傳說中大人的處事方式吧。

上輩子是一條櫻花鉤吻鮭的櫻姊自認比其他被白衣神選上的同伴幸運太多，許多年之前的雲豹與儒艮都沒有逃過死亡連結的魔掌，終究跟著整個族群一起消失在臺灣。

櫻姊的造型在這麼多年來都沒有改變，時間就好像是溪水，從櫻花鉤吻鮭的身軀流過，沒留下什麼……

一樣的眼鏡，一樣的素色T恤和牛仔長褲，盤在頭頂的長髮一樣烏黑亮麗。

她花了五年的時間，來教育歐亞水獺、石虎、臺灣黑熊，怎麼融入人類社會，然而自己卻終究辦不到這點。

家住在山區，旁邊有塊茶田，是她在數年前用低廉的價格買下這間農舍自行改裝，屋齡約有三、四十年，共有兩層樓，占地面積不大，屬於小而精緻的範疇。

前庭種植幾棵櫻花樹，如今季節未到沒有開花，光禿禿的樹枝依然勾勒出骨感的唯美線條，地上看似隨意擺放的怪石與漂流木，以及角落處循環流動的淺池，皆蘊含某種程度上的風水結構。

從外頭望進來，宛若是某位高深隱士的居所。

從裡面望出去，歐貝爾只見到一位中年宅女，正坐在前庭的木椅，用粉紅色Hello Kitty的茶杯，喝人家送的茶。

歐貝爾很快就把視線收回來，重新放回電視螢幕上面，雙腿夾著一桶餅乾，一邊看著動漫臺、一邊咔滋咔滋地吃著。

「我覺得再這樣下去不行。」透過一道紗門，櫻姊背對著客廳說道。

「別說了，我絕對不回去。」

「妳要去哪裡跟我沒多大關係，不過以我的財力是絕對養不起一頭食欲旺盛的臺灣黑熊。」

「您在說什麼呀？人家、人家不過是個國小女童，食量跟小鳥差不多喔。」歐貝爾趕緊放下餅乾桶。

「畢竟我算個無業遊民，養活自己都是勉勉強強，如果再帶著一個拖油瓶……」

「怎麼、怎麼說得這麼難聽嘛，再怎麼不堪，我也是一頭非常可愛的寵物啊。」

歐貝爾用盡全力擺出最可愛的姿態，「臺灣黑熊，萌欸～萌欸 Cute。」

櫻姊完全不捧場，淡淡地說：「一想到以前替妳把屎把尿的慘況就萌不起來了。」

「不要亂講，歐貝爾是偶像才不用上廁所。」

「妳還是嗎？」

「……」

一個輕如鴻毛卻重如泰山的反問，壓得歐貝爾連大氣都喘不出一口。

這幾天，對她而言呼吸得特別順暢，可能是因為山區的空氣比較清新吧，她選擇用這種說法來自我解釋，但實際上真正的原因是什麼不言自明。

繼續保持這樣就好了，歐貝爾只想放空腦袋看電視，讓身體成為沙發的一部分。

「是偶像的話，不可能這麼長的時間都不訓練吧？」櫻姊依舊一針見血。

「我、我想休息一段時間……」歐貝爾弱弱地說。

「此刻的露恰與十五必定是在練習喔。」

「嗯……」

「我不懂，妳在害怕什麼？」

「我好像、好像有舞臺恐懼症。」

「別開玩笑了！」櫻姊大喝道：「我一手拉拔長大的臺灣黑熊才不可能懼怕這種東西。」

「我……我不知道。」歐貝爾真的不知道。

「在二十年前，我的死亡連結差一點就啟動了，我說的差一點並不是誇飾法，而是站在懸崖邊，大半腳掌都已經懸空的那種差一點。」

「櫻花鉤吻鮭的數量，近年來不是都很穩定嗎？」

「現在的確是，然而那時候在短短一年的時間內，臺灣連續遭受七個猛烈颱風的侵襲，山壁的土石不斷地崩落，巨大的洪流破壞掉同胞們原先生活的環境。我們的數量筆直下降，幾乎是遭受到毀滅性的浩劫。」

「好可怕……」

「是啊，好可怕，當時我很年輕，只能夠躲在家裡，脆弱地四肢趴伏在地上，體驗著死亡連結發動前的心悸，哭喊著我不想再死一次，卑微地磕頭許下一段心願，希望雨不要再下了，蒼天能有一點好生之德。」

「我知道櫻花鉤吻鮭有挺過這一劫，但是現在聽起來還是好駭人……」

「之後，我開始相信這是白衣神的憐憫，讓同胞們僥倖存活了下來，遺憾的是數量已經非常危險了，我心急如焚地上山想要幫忙……不過我當時才幾歲，根本什麼忙都幫不上，櫻花鉤吻鮭生存的棲地已經被人類劃為禁地，非常諷刺，我完全無法接近。」

「怎麼會……」

「我開始努力讀書，想要取得進入的資格，很悲哀，魚類的記憶力似乎真的很差，我非常不擅長考試，想要成為研究員的心願終究還是在我的可悲分數前破滅。」

「……」

「不必同情，因為我沒有放棄，就算我是個笨蛋、就算沒有成為研究員也沒有關係。我開始登山，在附近的山溪巡邏，見到垃圾就撿起來，見到不法的情事就通報警方，我一個人的力量的確沒有辦法影響整個大環境……」

「櫻姊……」

「但我盡力了，所以問心無愧。」櫻姊垂視著冒煙的杯子，青色的茶水映出自己的面容，「歐貝爾，妳呢？」

歐貝爾環抱著自己，雙臂在微微顫抖，本來也想跟著驕傲地說出「問心無愧」這四個字，然而無血色的唇張呀張的，卻始終辦不到，乾脆任性道：「我也想跟櫻姊……跟櫻姊一樣待在山裡。」

「妳也想跟我一樣撿東西維生？」

「對、對。」

「漂流木跟石頭只有在官方允許的狀況下才能撿喔……妳應該知道我是因為食量不大，所以才能靠附近果農、茶農、菜農的幫助維生吧？」

「附近、附近有沒有豬農、雞農、牛農……或者是餅乾農、蛋糕農之類的……」

「沒有。」

「唔……」歐貝爾看得出來櫻姊早就習慣這種低碳生活，無奈地問：「為什麼不搬到城市去呢？」

「我怕啊。」

「咦，怕什麼？」

「這麼多年了，我還是害怕人類。」櫻姊苦笑道：「當然是有改善，但本質上還是懼怕。」

「我完全沒想到……」

「所以我才覺得，身為瀕臨絕種的野生動物，妳連最可怕的人類都不怕了，怎麼可能畏懼沒有威脅的舞臺？」

「我自己也搞不清楚……」

「那就回家去。」櫻姊站起來，茶水已經涼了。

「不行不行不行，我現在不能回家。」歐貝爾猛搖頭。

「我說的家，是指臺灣黑熊真正的家。」

歐貝爾一聽，也跟著站了起來，客廳的電視仍播著動畫片，但沒有一句臺詞聽進腦袋中，一對耳朵只是收到了嗡嗡嗡的白噪音。一雙瞳孔漸漸失去了焦距，總覺得自己好像碰觸到了什麼，還沒有確切的形體。

「臺灣黑熊真正的家？」

「親愛的露恰與十五，最近過得好嗎？我們的工作相當順利，在萌十字的努力之下已經連續五場售罄，目前社長和劇場老闆開始討論是否加開場次，如果成真當然是好事，不過回到臺北的時間又得延長了，一想到我們必須分別這麼久，就覺得鼻子酸酸的……還好露恰的簽名照賦予我忍耐的力量，睡前一定要瞧著才有辦法睡著，甚至連洗澡也必須帶進浴室……」

「夠了，跳過、跳過。」十五擺擺手，不太耐煩。

露恰順著要求跳掉後面三大段，繼續念著丹丹寄來的電子信件，「經過我跟社長的討論，我們一致認為妳們在臺北太可惜了，如果要瞭解深海經紀，乾脆南下找我們吧，來劇場用自己的雙眼親自見證，就能體會合作背後的價值。當然車資、住宿由深海全額負擔，露恰一定要來喔，否則我的心會因為過度的失落徹底地碎……」

「夠了，我只要再次確認信中有提到『全額負擔』這四個字就ＯＫ，其餘的請全數省略掉。」十五將背包放在腳邊。

她們在高鐵站出口附近找到座位坐下，眼前是熙熙攘攘的路人，大半是為了享受南部溫暖的天氣，趁假日前來觀光度假。另一半大概是為了工作以及見朋友，就跟十五、露恰一樣。

「十五，我覺得這樣子不行。」露恰頭偏向一邊，凝視著身邊的女孩。

「哪裡不行？」十五問。

「妳在嫉妒吧？」

「……」

沒想到自己的心事被一語道破，露恰這個犀利的回馬槍殺得十五就地呆住，火辣辣的感覺從耳根開始燃燒，一路燒向臉頰，一路燒向脖子，最後滿臉通紅。

「果然是在嫉妒呢。」

「我不是、這、這個……大概……沒有沒有，不是妳想的、妳想的這個樣子……」十五完全沒有辦法應對，就像是尋常走在人行道上，卻有一輛火車迎面駛來的那種錯愕。

「不用否認，其實我也一樣。」

「什麼……」十五的嬌軀一震。

「我有時候也是會吃醋啊。」

「對、對誰？」

「當然是對妳。」

「……」十五感到一陣暈眩，有一種美夢來得太突然的不適。

「所以說妳不用嫉妒，這是常有的事。」露恰微笑地說，摸摸十五的臉頰。

「怎麼會……這、這到底是怎麼回事？」

「妳不用嫉妒我得到了丹丹的喜愛，如果她真的成為我們的經紀人一定會拿出職業素養，公平對待每一個團員。」

啊啊啊啊啊……十五慢慢地揚起頭，好想直接衝進鐵軌。

「這個就像是沒有吃過榴槤的人，剛開始會排斥古怪的臭味，但只要試吃了一口之後，反而會愛上這種軟軟爛爛的口感，以此類推，丹丹就是還沒試吃過妳而已。」

「這是什麼糟糕透頂的爛比喻，而且我才不是榴槤！」

「別吃我的醋嘛，丹丹一定也會喜歡妳的。」

「誰要她喜歡啊！」

「咦，十五悶悶不樂的原因，難道不是因為丹丹只寫信給我的關係嗎？」

「那傢伙要寫信給誰關我屁事，我在意的、我在意的，從頭到尾都只有……」十五的臉蛋憋得漲紅，宛若有滿腔的委屈卡在喉嚨說不出來，著急地連呼吸都停頓。

「沒關係，不要激動，先喝喝水，我會讓丹丹以後都寫信給妳。」

「我要的不是她，我要的是……是……」

十五準備要豁出去了，但巧妙的是有一道眼熟的身影出現在她們之間。

「Hi、Hi，讓妳們久等了，深海所屬的超級經紀人丹丹，颯爽登場！」丹丹傻氣地行了一個軍禮，完全不知道自己幹了什麼好事。

「混、混帳東西，我要咬死妳，我一定要咬死妳！」十五一直想撲上前去，不過被露恰給抱住，「給我過來，快一點，我絕對要咬妳一口，讓妳痛得哀哀叫，傷口一直噴血，徹底反省自己的過錯，並且留下深刻的傷痕，在未來時時刻刻地提醒著妳！」

「咦……十五好可怕……」丹丹慌張地退後了三步。

「沒事、沒事的。」露恰笑著壓制一條猛獸，「對於某些哺乳類動物來說，輕輕地嚙咬，其實是一種善意的表現哦。」

「才不是！」

「喔喔喔喔喔！原來是這樣啊，謝謝妳喜歡我哦，十五，嘻嘻。」

「妳給我閉唔、唔唔唔唔……」十五萬萬沒想到，閉嘴的反而是自己。

露恰的手按住了十五的嘴巴，在耳邊低聲勸道：「未來成為偶像一定會遇到差別待遇的，十五，一定要忍住，不可以隨便就生氣。」

「嗚、嗚嗚嗚……嗚嗚嗚……」

算了，就先這樣子吧……

今天的十五在露恰的壓制下選擇放棄……

有些事情，還是必須深深地埋在心底。

「喂，櫻姊嗎？我是露恰。」

「喔露恰，喂喂喂，我們山區的收訊真的很糟……等等，我換個位子。」

「是。」

「喂喂，這樣清楚嗎？」

「很清楚，不好意思打擾了，我、我是想確認歐貝爾的狀況。」

「歐貝爾現在正霸占我的沙發，看我的電視、吃我的糧食，養一頭食量大的熊真的很麻煩。」

「太好了，這樣我就安心了。」

「……才放妳們出去多久，妳的嘴就被人類汙染得差不多了啊？」

「我只有在櫻姊面前才會這樣嘛。」露恰露出難得一見的撒嬌語氣。

櫻姊無奈道：「臺灣黑熊這種不會冬眠的熊真討厭，不然我就用棉被把歐貝爾捆一捆扔到地下室去，至少會有一段時間耳根清淨，還可以降低糧食消耗。」

「不可以這樣欺負歐貝爾啦……」

「妳呀，就是妳把她們都寵成了廢物。」

「我哪有……」

「唉，不過歐貝爾究竟要多久才能恢復，我沒有把握……畢竟她現在的狀況跟過去活潑好動的狀態差太多了。」櫻姊無可奈何的語氣中帶點憂慮，「有的時候她就坐在那，不動，無聲無息，好像連呼吸都沒有，乍看之下真的和臺灣黑熊的標本沒差多少。」

「我也不知道該怎麼辦，唉。」露恰的一顆心扭成了一團。

「沒有人知道該怎麼辦，只有歐貝爾自己知道，我相信總有一天……她會自己走出來的。」

「沒關係，我可以等。」

「妳這樣說就不對了。」

「咦？」

「妳應該說，我不等也沒關係。」

「……」

「有誰規定夢想就一定要實現嗎？有誰規定說到就一定要做到嗎？沒有吧？歐貝爾的年紀還很小，就算是反悔了，不願意再當偶像了，也不會怎麼樣吧？」

「……」

「要保護同胞，阻止死亡連結的發動，有一百種方法，成為偶像不過是其中一種。」

「的確是……」

「嗯，妳知道這一點就好了。」

瀨臨絕種團
RESCUTE
下
瀨臨絕種團Rescute © 啞鳴／迷子燒／春魚工作室／尖端出版

「不過我不能認同，很抱歉，櫻姊，因為歐貝爾是不一樣的。」

「是嗎？」

「很感謝櫻姊一接到我的電話就馬上趕來找到歐貝爾。」

「這個……尋找走失的石虎跟臺灣黑熊已經是我的專長了。」櫻姊想起過去在深山老林尋找孩子的過往，不免淡淡地笑了，「需要我轉告什麼消息給她嗎？」

「不需要了。」

「喔？真不像妳。」

「歐貝爾一定會回到我的身邊，不用透過言語也一定會回來。」

「我也……希望如此。」電話的那一頭，櫻姊瞥了一眼對著電視發呆的歐貝爾，心想這孩子從住進來開始計算，根本就沒再訓練過。

電話的這一頭，傳來十五的大聲呼喚，「露恰，快點進場，她們要登臺了。」

露恰連忙跟櫻姊道別，跟著十五的腳步，通往地下室的狹長樓梯，進入萌十字的常駐劇場，或者該說是主場……樓梯兩側貼滿一整排的團員海報，在昏暗的燈光之下依舊散發出光芒。

越深入，露恰感覺到溫度越高，如同朝著地心挖掘，準備觸碰到炎熱的岩漿。

心臟跟著舞曲的鼓點開始快速跳動，五光十色的特效燈光讓現場增添一抹奇幻的色彩，彷彿透過這一道樓梯就能進入了神奇的異世界。

根本就擠不進去，十五的催促其來有自。舞臺前被築起了一道一道的人牆，那個是真正鐵粉才有辦法進入的領域，露恰根本連想都不用想，就只能待在最靠近後牆的地方，踮起腳尖盡量看得更清楚。

現場有多少人？大概兩、三百人吧，展現的氣勢卻完全不同。

如果單以人數來計算，兩、三百人其實不多，在國小的校慶演出絕對超過千人觀看，可是那樣子的氣氛與壓迫感，和現在完全是不同的量級。

這個劇場不大，目前的人數有些擁擠，他們來此的動機，徹徹底底是為了萌十字，想見到偶像的心，想享受精湛的歌舞，這樣的動機純粹到無法摻入任何雜質。

不一樣，跟校慶的千人觀眾不一樣，因為這裡的人一心一意是為了萌十字而來。

露恰、十五這輩子從來沒有感受過，只能一起後背靠著牆，感受著整座建築物震動的威力。

萌十字的歌曲擁有十分強烈的中毒性，一首歌還沒有唱完，僅僅是第二段的副歌，十五已經跟著哼了起來。露恰雖然沒有明顯的反應，但她透過自身的靜止，來感受四周的躁動。

每唱到一段，歌迷都會給予特殊的回應，像是一對熟練的搭檔在進行互動，快變成一場盛大的慶典，皮膚會不由自主地發麻，瞳孔會放大，想接收到更多光線……

「這就是地下偶像嗎……」十五的說話聲幾乎要被音浪淹沒。

但露恰還是聽見了，湊到十五耳邊說：「跟影片上的感覺差好多。」

「真的，跟現場比實在是差太多了。」

「真羨慕……」

「我也是。」

「如果跟他們合作，瀕臨絕種團是不是也能擁有一樣的舞臺呢？」

「只要努力，一定可以吧。」

「嗯……」

十五沒再多說什麼了，繼續沉浸在萌十字絢麗的舞臺中。露恰抓準這個機會，近距離觀察著夥伴的臉，那是對未來的盼望，以及對自己的期待。

無法分辨雙眸流瀉而出的光芒，究竟是燈光的反射，或是名為夢想的顏色。

此時，十五的腦袋中一定正在將自己帶入成為舞臺上的偶像，享受著美妙的氛圍吧。

「真希望歐貝爾也在這裡呢……」

「總覺得……讓我們參加很不好意思。」

露恰的憂慮是有道理。

現在是凌晨一點，目前的狀況是劇場演出完美結束，大家的氣氛還很高亢，社長決定投入一筆資金，來辦個宵夜慶功宴。根據丹丹的說法，因為深海是個迷你的小公司，在經濟方面相當拮据，從來沒有慶功宴這種概念，這一餐顯得非常難得。

因為偶像的身分以及男女有別，萌十字擁有自己的獨立房間，連社長都沒有辦法進入，所以說社長現在正和其他的男性同事在外頭的交誼廳喝酒打屁。這個在所有粉絲心中最夢幻的禁地，只有十五、露恰、丹丹擁有靠近的資格。

「其實，我們在外面的交誼廳聊天就可以了……」露恰自覺不過是客人。

丹丹猛搖頭道：「那不行啊，外面的臭男生喝酒會發酒瘋，很危險。」十五倒是對地下偶像團體的真實生活感到好奇，巴不得直接開門闖進去看看萌十字私底下真正的模樣。

這間月租房是社長特別準備給萌十字的，兩房一廳的規格，還有一個小陽臺，居住品質算是舒適。另一間相同規格的月租房，則是充當深海的臨時辦公室、交誼廳、員工宿舍、倉庫……除了女性社員能擠其中一房外，社長與其他男性員工都是席地而睡，乾淨的浴缸已經算是上等鋪。

提著兩袋宵夜的丹丹一邊開門一邊說：「阿將，我們進來了喔。」

「阿將，真奇怪的名字……」十五喃喃自語道。

「萌十字的遠征大將軍，簡稱阿將。」丹丹介紹。

陽臺中有一張圓桌，以及四張並排的矮凳，在舞臺上活力四射的團隊隊長，阿將拎著一罐啤酒面對月色獨飲，其餘的團員通通不在。

阿將的個頭不高，素顏的狀態即便不如在舞臺鋒芒四射，依舊是每個人都會多看幾眼的美。她穿著寬寬垮垮的睡衣，上頭的圖案是整排的幼貓，與此刻拒人於千里之外的神情，產生奇異的反差。

她應該是剛剛洗完澡，頭髮並沒有吹得很乾，大概是因為這樣頭頂才翹著一撮毛，自由奔放地隨著夜風擺動。

丹丹再介紹道：「瀕臨絕種團，這位是十五、這位是露恰。」

「瀕臨絕種團，真奇怪的名字。」阿將冷淡地說：「丹丹的推，果然奇怪。」

「我覺得未成年喝酒的偶像比較奇怪。」

「我已經十八點五歲了。」

「別說這些了，趕快叫她們出來吃吧。」神經大條的丹丹根本沒感覺到氣氛變異，逕自拉十五、露恰就座，接著將炸雞桶、炸物拼盤、罐裝飲料一一取出擺好，頓時陽臺香氣四溢。

「我叫她們全部去睡了。」阿將撇過頭去，不看餐桌上的美食。

「咦，為什麼？大家今天這麼辛苦，本來就應該好好犒賞呀。」

「笨蛋，妳還不懂嗎，這是社長的考驗。」阿將年紀不大，成為偶像的時間卻已經超過四年，經驗老到地說：「又是炸雞又是汽水，多麼惡意啊。」

「偶爾吃吃應該還好吧。」

「社長難道會不知道我們正在身材管理嗎？故意選在半夜挑這種高熱量的食物，

妳說，這不是考驗，那這是什麼？」

「不會吧……」丹丹很困惑。

「為了怕孩子們上當，我才叫她們先去睡，社長的花招我一清二楚。」

「社長……感覺就不像是會想這麼遠的人耶。」

「蠢蛋！就先不說這是不是社長的考驗，光是身為偶像，就絕不能吃下這些東西……」

十五率性地取出一根雞腿，愉悅地咬了一口。

「或許我們的知名度不高，擁有的粉絲數量也比不上其他團體，但只要是萌十字還在的一天，我就必須對得起他們，嚴格地遵守偶像必須要做——笨蛋，妳到底在做什麼啊！」阿將整個人跳了起來。

「吃雞肉。」十五鼓著半邊的臉頰，「妳連炸雞都不知道嗎？」

「誰管妳吃什麼肉啊！妳到底有沒有聽我說？偶像為了在粉絲面前展現出最佳的狀態，一定要克制自己的欲望。」

「那我跟妳應該是不同種的偶像。」

「偶像只有一種，妳不要自己亂增加！」

「吃了就吃了，反正再運動就好了嘛。」

「哪有那麼簡單，妳隔天早上起床一定會長滿臉的痘痘，到時候痛不欲生，必定會悔不當初。」

「我好像沒長過痘痘這個東西，原來真的會很痛啊？」

「……」阿將目瞪口呆，跌坐回自己的矮凳，瞪著十五的臉蛋，確認在素顏的狀況下，依然找不出什麼肌膚上的瑕疵，「怎、怎麼會？」

「妳也吃一點吧，肚子餓的感覺真的很不好，我明白的。」十五捏起雞塊，放到阿將的面前。

「欸欸欸欸，丹丹，她們不行，我不喜歡她們，公司簽下來之後一定會出大問題的。」

「可是，我很喜歡妳。」十五說。

「……」面對十五突如其來的告白，阿將顯得措手不及。

「我覺得妳很帥氣，尤其是命令粉絲向前突進的吼聲，我的毛整個炸起來了，莫名其妙有種備感威脅的擔心。以小不點的人類來說，我本來以為只有歐貝爾這頭熊有辦法展現這種力量。」十五一面吃著雞肉、一面述說心得。

「咳咳。」一直保持安靜的露恰突然出聲，像在提醒什麼。

阿將還沒回過神……

「不過我是指舞臺上的妳。」

「什、什麼意思，現在的我妳就不喜歡了嗎？」

「就……還好。」十五向來誠實。

「還還還還……還好？」阿將從來不曾聽過有人當著自己面前說這種話。

丹丹繼續保持置身事外的姿勢，嘴巴叼著薯條、配著可樂，享受疲勞整天之後的熱量補充，吃著吃著，卻意外地發現了露恰的表情有些許變化。

十五沒有再理會質疑，繼續大口大口吃著美味的炸雞。美食當前，能吃則吃，更何況還是免費的美食，吃起來更加美味。

「妳居然還一副津津有味的樣子！」

「再不吃，就被我吃完了喔。」

「這是我家社長買的，當然也是我的！」阿將大概是被氣暈了，顧不得先前說過的話，一手抓起一個炸雞塊，捧在嘴巴前啃了起來。嘴巴吃得油亮油亮，反而增添了一股獨特的傻氣。

「沒錯，想要活著，首先就是吃。」十五燦爛地笑了笑。

「我是不會輸的……我們是不會輸的。」阿將努力地張口吃肉，也顧不得什麼偶像的形象，「萌十字是軍隊，不能輸。」

「如果是比吃，瀕臨絕種團天下無雙喔。」

「萌十字最強！」

為了防止難得的宵夜被兩個意氣用事的笨蛋吃光光，丹丹搶先將炸物拼盤端起來，跟露恰一起分享，同時好氣又好笑地問，為什麼會畫風突變，成了大胃王比賽？

露恰只是淡淡地表示，十五的胃口是被某頭黑熊激出來的，從小生活在「現在不吃，等等就被吃掉」的環境中，阿將不可能是對手。

「不、不行了……我不能再吃……有點、有點想吐……」阿將果然敗下陣來，癱軟倒在地上。

「我在瀕臨絕種團的食量排行，不是第一，有時候甚至不是第二。」十五想起歐貝爾，自嘲地看向露恰。

「我承認……瀕臨絕種團是、是可敬的對手。」

「哈哈哈，我也承認萌十字是最棒的對手。」

十五爽朗地大笑，不帶一絲嘲諷。當親眼見證萌十字的舞臺魅力，就能明白瀕臨絕種團還是有一段不小的差距，尤其在許多細節處，比方說跟粉絲的互動、帶動現場氣氛的部分。

「我知道妳們在底下看……」阿將幽幽地說。

「是嗎？」十五相當詫異。

「我們早就知道瀕臨絕種團要來，表現得特別賣力。」

「嗯。」

「萌十字是不會輸的，這裡的粉絲全都是我們的，妳們一個都帶不走。」

「我明白，所以瀕臨絕種團會找到屬於自己的粉絲。」

說這段話的時候，十五抓著啃一半的雞腿，臉蛋也髒兮兮的，看起來十分落魄、滑稽，但不知道為什麼，阿將的心臟突然跳得好快……

原因可能是十五堅信的語氣、可能是瞳孔放出的光芒、可能是對萌十字未來發展的威脅……也可能通通不是，就單純是因為碰上了優秀的對手，感念這段因為炸雞而結交的緣分。

「喂，十五。」阿將第一次叫了她的名字。

「怎麼了？」

「加我好友。」

阿將從口袋摸出手機，高舉在十五的面前，有些不好意思地晃呀晃的。

十五沒有拒絕的理由，也拿出了自己的手機。

正當兩臺智慧型手機要靠近觸碰、交換彼此資訊的瞬間……一隻白白淨淨的手，從黑暗中伸出來，阻斷了這一次的交流。

「加我好友就可以了。」露恰淡淡地說。淡得有些冷。

「蛤？」阿將不懂。

「也對啦。」十五站起來伸了一個懶腰，「這種智慧型手機我真的不太會使用，妳加露恰再找我會比較快。」

「感謝加友。」露恰的手機已經碰了上去，「那現在這麼晚了，我們就不打擾萌十字休息，這頓宵夜多謝招待。」

「真的很好吃，吃得很開心，謝謝啦。」十五高興地比出一個讚。

「……」阿將的手還懸在半空中。

瀕臨絕種團已經離開，像一陣龍捲風。

依然留下的丹丹笑問：「覺得怎麼樣？」

「什、什麼怎麼樣？」

「當然是瀕臨絕種團，社長認為她們一旦加入就是深海大家庭的一分子，在成為家人之前，需要家人的同意。」

「這、這這個女人未免太奇怪了吧？」

「誰呀？」

「灰色短髮的女生啊，就在剛剛，難道妳沒看到？」阿將揪著丹丹的袖子，「瞬間散發出來的冰冷氣息好可怕，我就像是游在溪中的小魚，差一點點就被抓起來吃掉了。」

「有嗎？在我看來，露恰還是一如往常的溫良嫻淑。」

「當然有……不對，妳是我的經紀人，怎麼敢去推別家的偶像啊。」

「嘿嘿嘿……」

「不准給我露出這種幸福的微笑！」

天剛剛亮，灰濛濛的，彷彿整座山都還在睡。

歐貝爾不知道在忙些什麼，在櫻姊的倉庫四處翻找，很像闖入養蜂場的臺灣黑熊，專注地撬開每一個裝滿蜂蜜的蜂箱。

不過她要的不是食物。

「嗯，我現在是應該打電話報警說有小偷，還是安裝陷阱來抵禦黑熊入侵？」櫻姊靠在門邊。

「陷阱」一詞讓歐貝爾打了個冷顫，畏懼地說：「別開這麼地獄的玩笑啦。」

「妳真的要繼續這種生活嗎？」

「這種生活也沒什麼不好。」

「露恰跟十五似乎準備要參加什麼比賽喔。」

「地下街唱跳大賽，目前地下街共有一千多家各式商店，規模為全臺最大，假日人潮流量超過十萬，其自治會舉辦的歌舞比賽自然吸引許多關注，是展現才藝的好機會。根據報名表，共分成兒童組與青少組，是很多懷抱偶像夢的人心中勢在必得的賽事。」歐貝爾流暢地背出官網的介紹。

「妳很清楚嘛。」櫻姊感到意外。

「畢竟是瀕臨絕種團的第一個目標。」

「既然是這麼重要的比賽，妳不回去幫忙嗎？」

「現在的我幫不了任何忙……回去也是扯後腿而已。」

「說得也是，畢竟妳這些日子完全沒有訓練，連歌都沒唱過一句。」

「我、我還沒準備好。」

「繼續這樣子的話，十五和露恰會狠狠地把妳甩在背後。」

「那也、那也是沒辦法的事……」

「唉。」櫻姊搖搖頭道：「真的搞不懂，過去身為瀕臨絕種的動物，我們都面對過死亡，重生之後還得面對更可怕的死亡連結……而妳卻表現得更害怕舞臺？」

「……對不起。」歐貝爾也只能道歉。

「妳到底在害怕什麼？」

「……」

「好吧。」

「櫻姊……」

「嗯？」

「……妳覺得我的同胞，還剩下多少呢？」

「很難掌握一個明確的數字，畢竟臺灣黑熊的棲地真的太廣闊了，並不像我們櫻花鉤吻鮭活動的範圍有限，比較容易統計。」

「會不會已經沒有了……」

「沒有了？」

「嗯，沒有了。」

「等等，該不會？」

「……」

「妳也感受到，死亡連結發動前的那種壓迫了？」

「是嗎？我不知道啊！」歐貝爾說到這，變得特別激動。

「妳……」

「櫻姊，如果我們再死一次會怎麼樣呢……還會有第三次的機會嗎？」

「我覺得沒有了，白衣神不會這麼慷慨的。」櫻姊坦白說出自己的看法。

「也是呢，不可能再重生了。」歐貝爾苦澀地說：「我、我曾經看過一篇報導，臺灣黑熊在這幾十年快速地減少，近些年連目擊情報都很罕見……我在想會不會……會不會其實……」

「不要去想這些。」

「我不能不去想……而且這個念頭就跟寄生蟲一樣，不斷、不斷地在體內長大。」

「歐貝爾，我們瀕臨絕種的物種所面對的困境都一樣，露恰與十五一樣要面對死亡連結的威脅。」

「不一樣，我跟她們的情況完全不一樣。」歐貝爾非常篤定。

「妳是不是……」櫻姊感到不對勁，「想起了什麼前世的記憶。」

「我真的很羨慕櫻花鉤吻鮭……雖然一度危急，但至少找到適宜生存的淨土，而臺灣黑熊……除了眼睜睜看著棲地因為人類的開發一直縮小之外，似乎已經無計可施了。」

「歐貝爾……」

「我希望石虎跟歐亞水獺能過得好好的，我也希望十五跟露恰成功，能夠為自己的同胞發聲。」

「那妳呢？就這樣放棄了？」

「……」

「然後什麼都不管了？妳的同胞們可沒有成為人類的機會，去抵抗世界的不公，阻止自己的生存被扼殺。」櫻姊講出殘酷的事實。

「我不知道我不知道我不知道我不知道！我是真的不知道該怎麼辦呀！」歐貝爾跺著腳，被逼得快哭出來了。

「……」

「請告訴我該怎麼做，拜託，告訴我……」

「唉，可能是我……太急躁了。」

櫻姊並不打算再步步進逼，或許露恰說得對，歐貝爾需要一段休息的時間，等到休息夠了，自然而然就會走出來。

歐貝爾抹抹眼睛，繼續專注在眼前的收納櫃，雙手翻找的速度更急躁了。

「話說，妳到底在找什麼？」

「我、我想回家。」

「……想回家應該去訂車票吧，我這裡可沒有。」

「是前世的家，所以要借……借全套的裝備。」

「我建議過妳回家沒錯，但絕對不是這樣子的狀態。首先要經過訓練然後跟著專業人士一起上山，別以為自己還是前世縱橫中央山脈的臺灣黑熊，妳現在不過是尋常的人類，靠著前世回憶以及肌肉記憶擁有些異於常人的專長而已。」櫻姊覺得自己曾經說錯了話。

「不用擔心，我只是去人類建設的露營區，嘗試看看接近大自然會不會讓我找到答案……」

「確定嗎？」

「是。」

歐貝爾背起滿滿的登山包，回過頭來，含著眼淚，笑了一下。

偶像

上午的固定練習時間結束。

露恰與十五滿身是汗，回到家準備一起去洗個澡，要出一趟遠門。

「為什麼挑今天？」十五捧著要換穿的乾淨衣物。

「昨晚丹丹敲我，說內部開了一個會議，全票通過希望未來能夠跟瀕臨絕種團合作……啊，畢竟有一位是投廢票，所以不能算是全票通過，算了，反正那一位也不是那麼重要。」露恰意有所指。

向來聽不出弦外之音的十五繼續問：「這麼急嗎？」

「妳有疑慮？」

「我對深海、對萌十字的印象都不錯……他們的缺點就是窮了點，不過我們也很窮，所以說不定很合得來。」

「妳又要被歐貝爾嫌銅臭了。」

「我的疑慮就是歐貝爾……」十五心虛地說：「萬一她還在生我的氣怎麼辦？」

「不要小覷歐貝爾的胸懷。」露恰柔聲道。

「歐貝爾的胸還需要小覷嗎……」

「妳就別讓她聽見，呵呵。」

「我知道瀕臨絕種團的決定需要歐貝爾認同，但是我們就這樣子殺到櫻姊的家……總覺得我還沒做好心理準備。」

「我想在地下街的比賽前，徹底解決這件事。」露恰收起笑容，非常認真，「然後我們就能心無旁騖，一心一意地準備比賽。」

「妳也需要在比賽前，利用這個機會見歐貝爾一面吧。」十五知道的。

沒有正面回答，露恰催促道：「妳先去梳洗，我整理一下簡單的行李。」

「嗯……」十五帶著某種奇異的情緒走進浴室。

露恰翻出一個手提袋，開始依照記憶來準備出門用的物品，以及這些日子累積起來要送給歐貝爾的東西。不得不承認現在的心情，大概是從歐貝爾離家出走之後最好的一次。

家門的門鈴聲恰好響起。

露恰停下手邊的工作。

雖然是再正常不過的鈴聲，但露恰總覺得來得有點過於急促，好像有什麼事情即將發生。

打開家門，是丹丹正在外頭。

沒錯，經過再三確認，露恰很肯定是昨天晚上還遠在南部，跟自己線上聊天的丹丹……

「怎麼了？快進來。」

「我……」

丹丹退後了一步，依舊慌亂的眼神，連頭髮、上班族的標準套裝都顯得凌亂，一張臉毫無絲毫的血色，像是昨夜沒睡，也沒吃過東西。

「妳是天一亮就搭火車上來的？」

「嗯……想說能替公司省點經費，而且我也需要時間好好思考……」

「到底是發生什麼事？我們沒辦法直接在線上談嗎？」

「社長要求我一定要面對面告知。」丹丹的雙手合在胸前，不知不覺地相互摩挲。

察覺到不對勁，露恰溫和地招招手道：「妳一路奔波，什麼東西都沒有吃吧，先進來，我倒杯熱水給妳。」

「不了！」丹丹再退後一步，神色緊張地說：「我覺得……我覺得我沒資格再踏進這裡。」

「胡說，快點進來。」

「深海經紀公司在此告知瀕臨絕種團……因為某些特殊因素，未來沒有辦法合作，懇請見諒……」丹丹深深地一鞠躬，眼淚也就滴落在灰白色的水泥地上，「對不起……真的很對不起……」

「……」露恰僵住了。

「對不起……我跟社長談了一夜，這個、這個真的是不得不的決定，非常抱歉……」

「可以告訴我特殊的因素是什麼嗎？」

「我、我們接到劇場老闆的通知，說要終止合約……也就是說萌十字固定演出的計畫即將中斷。」

「為什麼這麼突然？」

「詳情我們也不清楚，老闆只是很明確的表示，自己是受到了幻魚娛樂的關切……不能再將劇場檔期租給深海經紀旗下的偶像使用，否則未來任何春魚娛樂的演出……皆不會再選擇此劇場為場地。」

「幻魚娛樂……」露恰若有所思。

「一年有三百六十五天，一天的營業時間十二個小時……我們能包下劇場這個月的週三、週六下午一點到下午四點的時段就已經到達極限，其餘的時段老闆還是要租給別人賺錢……」丹丹邊哭邊說。

「幻魚娛樂……」

「他們旗下的地下偶像有十幾組……本來就可以占下劇場大部分的時段，我們根本就沒有對抗的條件……」

「我一直覺得這個名字……」

「萌十字是付出好多好多好多好多的努力……好不容易走到這裡，對不起……我跟社長都很喜歡瀕臨絕種團……只是、只是我們必須先為家人設想……」丹丹已經哭得稀里嘩啦。

露恰一轉身就往家裡衝，經過一段翻箱倒櫃的時間之後，再慢慢地走回丹丹的面前，手中拿著一張名片。

「請把頭抬起來，這不是妳們的錯。」

「對不起、對不起，明明已經說好，要一起成為家人的……」

露恰向前再走了一步，將哭泣的女孩抱入懷中。至此丹丹才得到了一股暖流，放聲大哭了起來，哭聲當中，有懊惱、有自責……但更多的是捨不得，捨不得這一段充滿希望的關係，就在某個人的一念之間，徹徹底底地化成煙灰。

丹丹早就替瀕臨絕種團規劃好了，短期內要先建立基礎粉絲群，為成員量身打造舞曲，並且鮮明地公布為保育類動物發聲的理念，等到中期時已經上了軌道，開始輔導成員尋求更進一步突破，而長期的目標當然是開一場萬人的演唱會。

這些說起來也許很簡單，不過丹丹在報告書上羅列出近千條的細則與步驟，來證明所謂短、中、長期的目標不僅僅是沒意義的空想。

也就是這種程度的熱誠打動了原想小本經營的社長，以及壓根就沒想過要找經紀公司的露恰。

丹丹依舊哭得全身發抖，她惋惜的不是過去付出的種種時間與努力，而是背棄了要一起前進的承諾、放棄了跟瀕臨絕種團一同面對難關的機會……

「對、對不起對不起……露恰這全部、全部是我的錯……對不起……」

「不用道歉，丹丹沒有做錯任何事。我很感謝妳願意千里迢迢跑這趟，親口告訴我原因，讓我們不用擔心受怕，認為自己是不是做錯什麼……關於這點真的由衷感激。」露恰不斷地輕撫丹丹的背，撫慰著一顆自責的心。

「不是，這明明是我們的錯誤……露恰不可、不可以隨便亂道歉啦！」

「或許……這一回，真的是，瀕臨絕種團的錯。」

露恰指縫中的名片，印著幻魚娛樂之外，還有周經理的大名。

十五特別不舒服，覺得自己跟此地格格不入，她很肯定旁邊的露恰也一樣。

五星級飯店的日式餐廳，仿日風的裝潢與布置，要到餐桌得走過一段雅致的庭院造景，水池中養著七彩的錦鯉，如同一幅會動的水墨畫，讓十五不禁多看幾眼。

而露恰則是低著頭前行，野外移植的小竹林、鵝卵石鋪成的小徑、接待人員的和服都沒引起她的注意。

「露恰，我們真的需要跑這趟嗎？」十五低聲問。

「還是要將話說清楚。」

「我沒什麼話好說的。」

「至少……不能再害到無辜的人。」

「……萌十字。」

「對。」露恰的雙眸閃過一瞬的陰影。

「唉……」十五嘆出的口氣帶著濃烈的厭惡氣味。

接待人員停下腳步，微微彎著腰，側身掀開門帘。露恰與十五走進這間和室，一起脫下鞋子踏上榻榻米，並肩坐在周經理對面，桌上已經擺著幾盤精緻到近乎藝術品的食物，連動都還沒動。

「妳們沒遲到但也沒早到，這樣不行。」周經理不太滿意，「新人還是要在這種細節用心。」

「我們把話說一說，就打算離開了。」露恰並不打算多留。

「約在這個地方自然有我的用意，先吃再說。」

「這種高級餐廳的消費我們負擔不起。」

十五聽見露恰所說，瞧了一眼菜單，頭皮有些發麻。

「我知道，而且我是故意的，不用擔心，這是報公司的帳。」周經理的手在餐桌上畫了幾下劃，「想吃什麼就點，越貴越好。」

「……」

「這樣妳們才可以親身體驗……成功的滋味。」周經理的筷子夾起一塊干貝，「要不是我們旗下的團體努力演出，得到大量粉絲的支持，我平時也吃不起這種餐廳的。」

「我想藉此機會正式告訴你，瀕臨絕種團不會跟你們合作。」露恰開門見山地說道。

「跟我聊完再決定一次吧。」

「這就不必了。」

「成熟點，不要這麼意氣用事。有時候一時的衝動，損失的卻是整個團隊，值得嗎？」

「去刁難其他無辜的人……就算是成熟嗎？」

「深海可一點都不無辜，是他們先違背道義，不能怪我。」

「我沒有聽過這種事。」

「瀨臨絕種團是我先看上的，他們卻私底下偷偷跟妳們聯絡……不要以為我不知道。」周經理語帶怒氣，「這種挖角的行為本來就是業界之恥，我沒有去反挖他們旗下唯一一組的偶像，真的很客氣了。」

「你這種人完全不講道理……」露恰無法接受。

「他們不瞭解我對妳們的用心，自然也不瞭解，我會有多不爽。」周經理將干貝放入嘴巴，用力地咬了咬，「或許妳會感到奇怪，為什麼我早知道深海正在挖角，卻當作什麼都沒發生。」

「我不可能瞭解你這種人類的古怪思維。」

「是因為我希望妳們能親眼看一看，看一看深海究竟能給妳們什麼、能為妳們做到什麼程度。」

「他們對我們非常好，沒有可以挑剔的地方。」

「看完了之後，然後在腦袋裡乘以十倍，這就是我能給妳們，能為妳們做到的程度。」

「⋯⋯」十五和露恰面面相覷。

「妳們看，這一道前菜，叫什麼豆腐的，其實我忘記名字了⋯⋯」周經理指了指面前的紅漆盤，大概是兩張滑鼠墊的面積，上頭僅有半個拳頭大的豆腐，四周圍繞著精巧的擺盤布置與醬料，「偶像就像是這個，很像，非常像。」

「⋯⋯」十五和露恰依然困惑。

「如果這塊豆腐，擺在一個保麗龍碗內，賣我三十塊都嫌貴⋯⋯但明明是一樣的豆腐，加上根本不能吃的華貴盤子和雜七雜八的小裝飾，卻讓我掏出三百五十元買單。」

「我覺得這比喻很莫名其妙。」露恰反對。

「偶像就是這塊豆腐，經紀公司就是盤子。」

「其實你不必多說⋯⋯」

周經理充耳未聞，自顧自地夾起豆腐一口吃掉，繼續說：「我對偶像的要求，依然與豆腐相同，白白淨淨的，過去沒有黑底，軟軟嫩嫩的，好掌握易控制⋯⋯那種臉蛋美、歌喉好、舞蹈有底子的，如妳們此類的高級食材，有當然好，即便沒有，我也能將豆腐包裝出昂貴的價格。」

「既然如此——」

「高級食材，我能包裝出超乎想像的價格。」

「我們真的沒有意願。」

「偶像的生命週期很短，強如世界知名的團體，頂多維持十年的時間，遑論是格局更小的地下偶像。」

「關於生命的長度，瀕臨絕種團的成員都有深刻的體會。」露恰覺得再多說也改變不了什麼了。

「如果懂，那就不要意氣用事，妳們應該撇除掉不理性的感情因素，然後冷靜地思考，怎麼做才是對瀕臨絕種團真正的好。」

「抱歉，我們的隊長不會答應的。」

「隊長？」

「我們的隊長……在創建瀕臨絕種團時，大概根本沒想過你所說的這些。的確，她當然希望獲得更多人類的喜愛，最好讓全世界都認識，以便宣揚我們心中的理念，她依靠的卻是歌喉與舞技，這種最簡單卻又最困難的東西。你經營偶像團體的方式，可能是最有效率的——」露恰突然欣慰地笑了，「但我們的隊長在某些方面是

個笨蛋，聽不懂啊。」

「……」周經理的筷子懸在半空，定格。

「過幾天，我們有一場比賽，需要閉關訓練，得先離開了。」

「妳真的認為以這種小孩子玩票性質的方式能在這個圈子活下去嗎……」周經理的臉色一沉。

「如果說人類只會用這種手段，那我們不當人了，當動物也沒關係。」露恰拉著十五一起起身，言盡於此。

十五順手拿了一塊不知菜名的雞肉囫圇吞棗地塞進嘴裡，過程相當粗魯，也糟蹋了廚師精巧的擺盤與用心，三星級名菜吃得像是平價路邊攤，非常不客氣地嚼呀嚼的……

「老實說，是很好吃。不過，我那天晚上跟阿將吃的炸雞腿並不會輸喔。」

果然有效，歐貝爾這陣子鬱結的心情在大自然中得到明顯的改善。

雖然背著異常沉重的裝備，她的腳步依然輕鬆。

在登山處登記之後，隨即踏上山林之旅。隨著時間拉長，碰上的人類開始慢慢地減少。

還有登山客震撼年紀輕輕的少女居然帶著這麼大的包，驚嘆地透過讚美搭訕幾句話，歐貝爾會禮貌性地回應幾句，僅此而已。這時候她並不想聊天，尤其是對人類。

她有一個問題，想要找出答案。

一直往前走。

步道的兩側是原始的翠綠，是沒被人類加工過的綠色，四周有飛蟲穿梭，像在迎接過去的遊子歸來。鼻子聞到的是複雜的氣味，有落葉的腐臭、有新鮮的花香，腳邊爬過的野鼠是飢餓的食客，似乎是發現難得的美食冒著風險也要趕過去吃……

歐貝爾喊不出人類賦予這些動、植物正確的學名，但一切都是那樣的熟悉，彷彿視線所及的，全是自己身體的一部分，舒適、安詳的環境導致她能夠不斷地往前走，而且沉澱紛亂、沉重的雜念。

她現在滿腦子想的都是露恰與十五，瀕臨絕種團是不是更受歡迎了呢？為了應

對比賽有沒有增加訓練時間呢？這些日子會不會交到新朋友呢？

有沒有想念歐貝爾呢？

沒有自己，會更受歡迎吧？沒有自己，訓練會更效率吧？沒有自己，會認識更多新朋友吧？

沒吧。

要成為瀕臨絕種團的一分子，首先是要對團隊有貢獻……她原本是很怨十五的殘酷，讓夢想成為偶像的人擔任經紀人的職務，根本就是在對夢想宣判死刑。可是，如果瀕臨絕種團要繼續前進，這樣子做是正確的。

大自然的優勝劣敗也一樣殘酷，身處於大自然之中只能服從。

「笨蛋，十五！」歐貝爾還是有一點不爽。

這一句痛罵回盪在山頭之間，變成了好多個笨蛋跟好多個十五。

忽然回過神來，發現天色已暗，自己的前後左右全是花草樹木，早就已經脫離了人類鋪設的登山步道，找不到來時之路。

「糟糕，是上輩子壞習慣。」

臺灣黑熊通常會遠離人跡，朝深山去尋找食物，所以歐貝爾走著走著，不知不覺就來到這個地方，換句話說就是迷路了。

不過歐貝爾畢竟是人類，還能掏出手機來增加照明。

可惜這裡收不到訊號，網路地圖沒辦法使用。

要是一般的人類，應該已經慌了，輕者到處尋找訊號，重者崩潰大哭求救。

歐貝爾就只是覺得累了，原地卸下登山包坐下，找出零食與飲料食用，一丁點害怕的情緒都沒有。

彷彿坐在自家廚房。

「要不要乾脆在這裡睡一夜？啊……要是害櫻姊擔心了怎麼辦？」

左右為難。

「不過再等下去的話，天色就會更黑了，到時候只剩下月光，不知道有沒有辦法找到回去的路。唉，該怎麼辦呢？」

瀕臨夜晚的山區特別寧靜，寧靜到蟲鳴鳥叫都清楚得像在耳邊發生，讓歐貝爾的心更加平靜。如果自己是臺灣黑熊就能永遠留在這裡……可惜自己是人類，對其他在意自己的人有責任。

「回去吧。」歐貝爾吃完餅乾，好好地將包裝袋摺好放進口袋，重新背起登山包，打算趁天未全黑下山。

不過，她小看了自己的腳程。

似乎目前的位置已經離步道很遠。

搜索一大圈都沒找到來時路，可視距離隨著時間近乎歸零，不用手電筒就看不清楚前方了。這裡不屬於人類的活動範圍，自然沒有明晃晃的路燈照明。

假設有專家跟在旁邊，一定會建議歐貝爾不可在入夜的山區行走。正確的方式是原地等待救援，保持溫暖，節省使用物資，拉長等待的時間，增加獲救的機會。

但歐貝爾卻是越找越焦急，先不管自己失蹤之後會造成其他人的麻煩，光是在山裡迷路這一點恐怕就會被十五活生生笑死。

「臺灣黑熊在山裡迷路，這、這傳出去能聽嗎？」

於是她反而增加速度，增加體力的消耗，就是要在最短的時間找到出路。然而視線受到限制的山，每一棵樹與每一棵草看起來都長得一樣，走來走去依舊是無法判斷正確方向。

「我想要回家了啦，討厭！」

歐貝爾一點都不像是縱橫中央山脈的臺灣黑熊，反而像是無頭蒼蠅，到處亂飛亂繞，讓體力下降得非常嚴重。

夜間的山區氣溫下降得比平地更快，她也忘記了這點，還以為自己身上有又黑又粗的皮毛，可以維持體溫。

實際上，她身上只有一件薄薄的外套。

基本上，能犯的錯她都犯了，歐貝爾遭遇危險，也只是時間問……

「啊！」

歐貝爾一腳踩空，嬌小的身子一斜。

跌落。

碰撞，滾落。

碰撞，碰撞，滾動，碰撞。

碰撞，滾動，滾動，碰撞，滾動，碰撞。

最後躺平在山坳。

萬籟俱寂。

歐貝爾意識變得格外模糊，不清楚剛剛發生了什麼事，甚至想不起來為什麼自己躺在這裡，只覺得全身都好痛，連挪動一根手指頭的力氣都沒有。

半閉半合的眼睛，直視著萬里無雲的星空，瞳孔漸漸失去焦距，一點一點的光芒慢慢地糊成一片，宛若進入了像似天堂的夢境……在那裡，突然沒有了痛苦。

媽媽出現了，媽媽寬大的黑色背影，出現在歐貝爾的眼前。

往前走，媽媽帶著自己往前走，腳步顯得有些匆忙，有幾次差點就跟不上了。

到底要去哪裡呢？

為什麼在回憶當中，就是不斷地移動、移動再移動？

攀上了一個山頭，走上了一道山稜線。

太陽西下，世界進入黑暗；太陽東升，世界又回到光明。就這樣子一天一天地過去，媽媽始終在往前走。

當時的小歐貝爾並沒有詢問的概念，沒有辦法問媽媽為什麼要一直往前，以及這趟旅途的終點究竟是什麼？

跟在媽媽的屁股後頭，有找到東西就吃，沒找到就餓肚子，有的時候可以在樹上睡覺，有的時候則無。如同一種與生俱來的既定命運，沒有辦法反抗，也沒有妥協的途徑。

「媽媽，我們為什麼要走這麼遠？」

現在的歐貝爾終於有機會問了。

不過媽媽還是沒有回答，僅僅是靠著一棵樹坐下，微微地偏過頭，然後看向遠方。

「媽媽，我們到底在找什麼？」

還是沒有回答，彷彿媽媽的靈魂根本不存在。

「媽媽？」

「……」

「為什麼？」

歐貝爾的問題只起了一個頭。

媽媽回過頭來，在沉默中流下眼淚。

然後，所有的問題，便有了答案。

明明就走了這麼遠、這麼遠、這麼遠，找這麼久、這麼久、這麼久……卻從來都沒有發現另外的臺灣黑熊。

翻山越嶺，苦苦追尋，沒有其他的同胞。

這是，瀕臨絕種的孤獨。

「原來是這樣啊……」

歐貝爾也跟著流下了眼淚，這一份孤獨其實一直存在於體內，就像是某種深刻的烙印，鑲在靈魂當中，跟著投胎，一起重生。

她終於明白了，自己所害怕的，一直以來都不是人群，也絕對不是舞臺恐懼症。

而是深深地懼怕著……

其實這一切努力，不過是徒勞無功。

拉著露恰與十五苦練歌藝、舞技，組成偶像團體，讓更多人類喜歡自己，向大家宣揚保育的理念，嘗試著增加同胞們永續生存的機會，來對抗死亡連結……應該會有效果的，只要喚起人類的關注，一定能爭取到更多的空間。

本該是這樣子的。

可是媽媽用自己的步伐，一步一步地證明了，所有的努力沒有意義。

太慢了，已經來不及了，當需要保育的想法誕生之際，其實就已經晚了。

就算瀕臨絕種團真的如夢想般，從地下偶像變成偶像，從偶像成為人人皆知的大明星，這途中所付出的血淚，這途中所得到的祝福與支持，不過是死亡連結發動之前最美的煙火。

即便做到極致，也無法挽回。

並非畏懼舞臺。她畏懼的是從上輩子就知曉的真相，那不可避免的滅絕。

臺灣黑熊只能在這偌大的中央山脈範圍，隨著時間慢慢凋零，消失。

「練習是沒有意義的，站上舞臺是沒有意義的，讓人類喜歡是沒有意義的……」

歐貝爾喃喃自語，細微到一陣風都能輕易蓋過。

她依然躺著，沒有動彈，沒有言語，如果做什麼都沒有意義，那除了躺著也沒有需要做的。

意識在虛幻和現實中遊盪，恍惚與清醒的界線越來越無法分辨，歐貝爾無法判斷自己是活著還是死了……

星空漸漸轉淡、消逝，灰色的光線開始照亮這塊大地。

要天亮了嗎……她心想。

原來還沒……歐貝爾覺得自己的認知錯亂了。

因為突然出現一大片的黑影，蓋過視線所及的全部天空。

壓力，推進人類進步的關鍵因素。

周經理很早就知道這一點，即便現在背負著巨大的壓力。

當初誇下海口，從上面跳下來做母公司內沒有人瞧得起的地下偶像，背負著不成功便成仁的壓力，是因為他相信地下偶像有一般偶像團體沒有的親和力，跟粉絲建立的特殊革命情感非常珍貴。

人們可以因為好聽的歌花四百元買一張專輯，但擁有革命情感的夥伴可以花四十萬買一千張專輯，就為了想讓自己的推站上C位。

周經理堅信這股力量存在。

面對仍在母公司經營偶像藝人一路順風順水的同事，自己也好不容易推出了「宇宙喧囂」，一個讓商業市場不得不正視的地下偶像團體，總算是稍稍地揚眉吐氣。

身處在母公司之下的子公司，自己雖然是掛職經理的頭銜，但實際上是一人之下萬人之上，負責決策所有的路線。

他經營的是地下偶像，但是公司的制度、資源、訓練方式、軟硬體設備，都是直接從母公司帶下來的，本質與上市櫃的經紀公司沒有差別。用全然職業的模式，去帶本該屬於業餘範圍的地下偶像，果然相當的成功。

可是藝人都有壽命，一間正常的公司不可能永遠靠一個成功的團體生存，周經理需要更多更多優秀的人才……

「太可惜了，瀕臨絕種團。」

周經理坐在自己的辦公桌前真心惋惜。

同一時間，清脆的敲門聲響起，在辦公室的他停下滑鼠，開口道：「進來吧。」

「周經理午安，青姊說你在找我們？」

「沒錯，有個任務想要交給妳們。」

周經理口中的「妳們」，是一對未滿十八歲的姊妹，長得有幾分相似，一人的長

髮染成酒紅色、一人的短髮是深藍色，髮型都有經過專人設計，不過一路從練舞室趕來，有汗水的溼潤、有幾分的凌亂。

在這對姊妹眼中，周經理是掌握自己命運的大人物。明明這辦公室相當尋常，她們總有進入宮殿晉見國王的錯覺，如坐針氈，連手都不知道要擺在哪裡。

「請問、請問是怎樣的任務呢？」

「紅色的是……」周經理點了點滑鼠，喚出一張表單，「是薇薇，妳是姊姊對吧？」

「是的，妹妹叫恩恩。」

「會特地找妳們是因為……我們開過幾場會議，依然是覺得U團八人太多了，六個人會是比較妥當的編制。」

「……」

「妳們正好目前綜合評分最低。」

「等等，請、請務必……務必……」薇薇雖然是姊姊，但聽見這消息整個人慌了。

U團是宇宙喧囂的師妹團，未正式成軍前的代稱，前陣子經過數百人的海選，好不容易挑出最優秀的八人，然而在最優秀中依舊能找到比較不優秀的兩人。

姊妹倆攜手合作度過重重難關，好不容易走到了這個階段，卻要面對如此殘酷的消息，薇薇的眼眶裡已經飽含淚水，只是不敢當面哭出來而已。

「我有聽說，妳們練習得相當勤奮，可是很遺憾，這條路只有努力是遠遠不夠的。」周經理關掉電腦螢幕，嚴肅以待。

「請教……我們該怎麼做，我、我們真的是付出非常非常多的東西，才得到這個機會……」

「妳們要能贏。」

「贏？」

「沒有錯，只要能贏，其實我不在乎妳們是用臉蛋、美色、手腕、交際、歌藝、舞技，等等之類的什麼方式去贏……重點是要突出，有自己的特色與專長，才有機會贏得更多目光。」

「我們、我們姊妹……」

「當然我們公司可以請一流的團隊，來包裝打造原本三流的人，不過我後來想了一想，為什麼我們都要投入資源了，不乾脆找一個二流甚至是一流的人，來突破創

造出令人驚嘆的偶像？」

「我們也做得到，我們絕對能符合您的期待……絕對可以。」

「嗯，所以我想給妳們一個任務。」

「好的，我們會盡全力去做。」薇薇趕緊擦掉狼狽的淚水，緊緊地握住妹妹的手，畢竟眼前還有希望。

「這就是我所說的任務。」周經理將一張傳單推了出去，「地下街的比賽，好像叫做、叫做什麼，其實我也不記得，反正就是屬於宣傳、同樂性質的唱跳大賽，還分成青少組跟兒童組，妳就知道有多荒唐，根本沒什麼人會認真看待。」

「是的。」薇薇戰戰兢兢地從辦公桌上接過傳單。

「不過這比賽還是有兩個好處，第一，獎金意外地多；第二，地下街每日接近十萬人的人流，相當可觀。」

「地下街，我跟妹妹去逛過……」

「嗯，三天後，妳們的任務就是贏下這個比賽。」

「……」薇薇盯著傳單，盯著決定未來命運的十字路口。

周經理不以為意地說：「只有冠軍，其餘的我都不接受。贏了，妳們留下，輸了，祝福妳們能遇見賞識自己的伯樂。」

「參加人數是……」

「不知道，好像現場也能報名，總之就是很鬆散的業餘比賽。」

「我懂了，我們一定會努力的。」

「嗯，很好。」

薇薇的腦海中一直有個很怪的想法揮之不去，依循她直腸子的性格，很直接地就問：「為、為什麼是這個比賽呢？」

「因為……」周經理猶豫片刻，繼續道：「我希望讓某些天真的人，領悟到……有的距離是無論多努力都無法追趕的。」

「請問這是指……誰？」

「不需要為這種事分心，妳們畢竟是代表公司出賽，公司當然會提供支援，只要能維持正常的發揮，妳們一定會獲勝。」

「是的。」

「反之，在這樣的情況下，妳們還贏不了，被我踢出公司……」周經理沉聲道：「那妳們應該連哭泣的資格都沒有吧。」

「我們、我們知道，一定會贏。」薇薇顫聲道。

周經理很滿意這對姊妹此時展露的表情，那種深層的畏懼所帶來的煎熬會促使人不顧一切、不擇手段去獲得勝利。

壓力，推進人類進步的關鍵因素。

周經理很早就知道這一點。

就是今天了。

地下街唱跳大賽就在下午一點正式展開。

十五帶著歐貝爾當初拿回家的宣傳海報，有一種時間過了很久很久的感覺，當時極力邀約大家參與的人已經不在了，反倒是不停反對的自己成為參賽的選手。

「我在那個時候，甚至不叫做十五號。」

「時間真是可怕。」

露恰清楚十五在想什麼，也明白她為什麼要把一張破爛的宣傳海報帶來。

地下街的第十三號廣場，非常的遼闊，可以容納兩、三千人，很難想像此地位於馬路底下。

從捷運站到第十三號廣場的沿路牆上都貼著跟十五手上相同的宣傳海報，還有一整排綿延不絕的旗幟，增添了比賽熱絡的氣息。

報到處與報名處連在一塊，皆排滿了長長的人龍。要不是露恰提早兩個小時報到，現在肯定還在排隊當中，哪有時間找地方休息練習。

所謂的地下街，其實就是巨大的地下百貨公司。基本上地面的百貨公司有的，這裡也會有，沒有什麼太大的差別。

露恰與十五尋找到一個無人角落，墊著毛毯坐下休息，吃點零食補充熱量。眼睛瞧著來來往往的人潮，不免感嘆大城市就是不一樣，人類、人類以及更多的人類。

「不用太擔心，這些人絕大部分還是來逛街購物的，對我們的比賽應該沒什麼興趣。」露恰先做些心理建設。

十五瞪了她一眼，笑著說：「拜託，我又不是歐貝爾，人當然要越多越好，越多人類看見我們，瀕臨絕種團的名號會傳誦得越快。」

露恰轉念，淡淡地說：「不知道歐貝爾現在過得怎樣……」

「每次一想起她，就覺得是我的錯……」其實從歐貝爾離家出走到今日，十五的內疚沒減輕過一分，「我當時就不知道是發什麼神經，提出這種傷人的要求。」

「妳是真心認為讓歐貝爾退至幕後會改善舞臺恐懼症。」

「也不代表我能這樣做。」

「放寬心吧，歐貝爾一定會克服所有難關，以帥氣的姿態回歸，妳的注意力要集中在比賽。」

「瀕臨絕種團一定會贏，我要把獎杯送給歐貝爾。」

「喔？突然自大起來了，妳難道沒看見，有不少優異的團體參賽。」

「不是自大，我只是相信我們付出的努力會得到回報。」

十五一口吃掉手中的肉包，舔了舔指尖，心滿意足地用面紙擦擦嘴。露恰一邊吃著麵包、一邊閱讀參賽守則，回味著剛剛十五說出這番話時的驕傲表情，不小心吃吃地笑了起來。

「笑什麼？」

「沒事，妳、妳有注意到比賽計分方式修正嗎？」露恰扯開了話題。

「沒欸，反正改變不了什麼。」

「真是的……」

十五站起身來，扭動著雙腿關節，問道：「吃飽了嗎？要不要再練習幾次？」

「好。」露恰連忙喝幾口水，收起吃一半的麵包，將一支無線耳機扔給十五，「我們一人戴一支，就不用開迷你喇叭吵到別人。」

「嗯嗯，另外妳把我們的背包收好，我待會拿到樓下的置物櫃存放，免得等等上臺比賽被偷走。」

地下街的人流依舊如不止的大江，十五與露恰如同江邊的兩顆小石，何況還戴著耳機跳舞，沒有發出任何聲音。除非有人刻意注視著她們，否則很難吸引到旁人的注意。

然而，的確有一道全然陌生的目光。

遠處，一對染著酒紅色與深藍色頭髮的姊妹，靠著牆邊坐著，表面上假裝在化妝，實則透過望遠鏡在觀察著瀕臨絕種團。

「難怪青姊會說，周經理難得這麼看好一組尚未出道的團體……瀕臨絕種團，特徵的描述完全吻合，不會錯，一定是她們。」薇薇用著不安的口吻說著，臉色越來越難看。

「她們，如何？」恩恩平時並不愛說話，但在這種狀況下說不好奇是騙人的。

「……」

「嗯？」

「……」

「姊？」

「怎麼會有……」

「有什麼？」

「這種怪物……」

「……」

「舞蹈動作……兩個人百分之百吻合，每一個頓點、每一個步伐都是同步的，這、連關節旋轉或彎曲的角度都一樣，這這這難道是複製貼上嗎？怎麼可能做到這種程度……不就是一個地下街的比賽嗎……」

「她們，在練習，不準確。」

「不不不，這才是我最害怕的地方……如果現在她們是最佳狀態，連私底下沒人看的練習都能夠做到全力以赴，那這種毅力太驚人了。另外一種狀況，她們的確是在練習，現在不過是熱身而已……」薇薇說不下去了，太驚悚。

恩恩低下頭，撫平整個都是雞皮疙瘩的手臂。

「我們只能、只能祈禱她們的歌喉很糟糕了……」

「我們，能贏？」

面對妹妹的問題，薇薇緩緩地放下手中的望遠鏡，頹然地靠著身後的牆，臉色蒼白地說……

「難。」

夢想很難，對誰都一樣。

薇薇與恩恩相差兩歲，親姊妹一起長大，性格天差地遠。

相較於姊姊天生熱情奔放、交友廣闊，無論是在學校還是在家裡都是明星一般的存在，妹妹的性格就顯得內斂低調，好像被姊姊的巨大陰影籠罩了，外人始終看不清楚她真實的模樣。

沒人想到她是刻意躲在陰影當中。

這樣的陰影很好，她很喜歡。

家中的雙親是保守的公務人員，一直以來的教育方針就是讀書、學習，姊妹倆在這樣子的觀念下長大，成績一直保持得不錯，要上一所明星高中是沒有問題的。

可是，薇薇改變了，想要朝藝校的方向發展。

父母當然不可能接受，覺得自己的女兒在一夕之間變得陌生，但實際上恩恩很清楚姊姊的改變從好幾年前就已經開始。

是一部講述某個鄉下女孩到城市打拚，最後成為當紅偶像的動畫，成了轉變的起點。

可惜家規明文限制姊妹倆不能接觸這種無法使成績變好的邪物，姊姊向來都是偷偷地看、偷偷地收藏周邊、偷偷地練習唱歌跳舞，藏得很深，沒有被發現。

恩恩一開始對這些不感興趣，就只是「想要跟著姊姊一起」這種從小到大養成的習慣，日復一日，年復一年，慢慢地跳進這個深不見底的坑，開始樂在其中……不過喜歡動漫、偶像，跟將來要走這條路是兩碼子事。

她沒有成為偶像的夢。

但是姊姊有，而且異常執著。

就姊姊所說，許多成名的偶像都是在十五歲的時候就已經成為練習生，在接受專業訓練的狀況下最終成為優秀的表演者。換句話說，如果去讀完高中、大學，到時二十二歲，必定輸在起跑點。

就算是二十二歲的年紀開始讀高中也沒有問題，但是二十二歲才開始投入練習，想要成為偶像，幾乎是不可能的事。

憑這一點，姊姊就去跟父母攤牌了，想當然會發生家庭革命。人生中最初也是最後的叛逆期，讓姊姊失去了所有。

恩恩不能讓姊姊也失去自己，所以不能夠提前表明。

姊姊被趕出家門之後，很幸運得到了一個練習生的機會，包吃包住的生活，至少不必流離失所。等到恩恩畢業，也跟著一起加入。姊妹倆在同一個公司下訓練了大概半年的時間，最後沒有得到出道的機會，練習生的生涯不幸到此為止。

恩恩至少花了一個月的時間，才將姊姊崩潰的心一片一片地貼回原狀。

太慘烈了，恩恩想起那段日子，每天都要提心吊膽，怕房間多出一具吊死的屍體。連續睡眠的時間從沒有超過兩個小時，幾乎每分每秒都要盯著姊姊的狀況。

姊姊想要成為偶像，幾乎挖空了自己，也就是因為破洞太大，所以永遠沒有辦法癒合。

正當無計可施之際……大概是上天還有一點同情心吧，接收到了宇宙喧囂的經紀公司舉辦偶像海選的訊息，總算是將姊姊從懸崖的邊緣拉了回來。

兩姊妹開始刻苦地訓練，對於恩恩來說，累歸累，至少可以睡得很香甜。

一路過關斬將，從前輩冥王星的嘴得到不錯的評語，順利入圍了U團的名單，進入公司為出道進行集訓。每日天剛亮，就開始晨跑，增加必要的體力，吃完公司準備的低熱量早餐後，緊接著是一整日的課程……

回到家是又累又餓，連吃個宵夜都因為身材管理而不可得，恩恩躺在床鋪累到睡不著，總覺得自己根本是活在地獄……但一翻過身，看見姊姊滿溢笑容的睡臉，好吧，這的確是天堂。

某些時候，恩恩會想是不是自己拖累了姊姊？

因為是親姊妹的關係，先前面試幾間經紀公司，都想藉此打造出姊妹組合，表現得興致勃勃，可是實際面試完得到的回應總是「很優秀的姊妹，可惜與公司的需求不同」。

有可能是妹妹的能力不足，讓公司不得不放棄姊妹組合的構想，就乾脆連姊姊一起放棄了。

其實直到現在，她依舊沒有必定要成為偶像的想法，只要能陪伴在姊姊身邊，當個小幫手、經紀人都很好……

然而，真正的心願，如今實在無法說出口了。

周經理提出來的條件，跟這場比賽沒有什麼多大的關係，單純就是要勝過瀕臨絕種團而已。至於真正的原因，恩恩無法真正地理解。

既然實際的對手已經確認，恩恩並不像姊姊這麼樂觀。僅專注於舞蹈的練習，她很快地就通過網路來摸清楚瀕臨絕種團的底細，得到的資料不多，不過是幾段演出現場側拍的影片，恩恩就覺得有點不妙……

等到親眼見證過後，發現她們居然又更進步了，她簡直是難以想像。

姊姊在期待她們的歌聲表現不佳，然而這樣子的期待對已經聽過現場影片的恩恩來說，完全是不切實際的幻想……

從與父母翻臉的那一刻起，姊姊就已經無路可退了……

姊姊不應該是這種下場……

姊姊真的很辛苦。

「如果這個世界沒有辦法再給她一次機會，那就由我來給。」

恩恩不著痕跡地往前一推。

背著背包準備下樓到置物櫃存放的十五，突然一個踉蹌，依靠著上輩子留下來的肌肉記憶，試圖要穩住自己的重心。但沒想到背包太重，產生了拉扯的力道，硬生生讓十五從樓梯摔落，狠狠地摔入休息平臺上堆放的層層鐵架。

巨大的聲響引起許多人的矚目，紛紛進到樓梯間，看究竟發生什麼事。

趁這個機會，恩恩低著頭離開現場，沒有引起任何注意，蒼白的脣用最低的音量說……

「對不起。」

「放心，我沒事，什麼事都沒有。」

「血都流成這樣了，還說沒事！」

「欸，不要太大聲啦，萬一被主辦單位取消資格怎麼辦？我剛剛就聽到他們在議論，說要叫救護車把我送到醫院。」

「這本來就應該去醫院！」

「送到醫院我就來不及回來比賽了啊，露恰，要相信石虎的自癒能力。」

「我從來沒有聽說過這種東西！」

露恰非常失態，是因為真的陷入兩難。

十五說要將背包拿去樓下的置物櫃暫存，沒想到在下樓梯的時候摔了一大跤，整個人摔進了整疊的鐵架。右小腿外側到腳踝割出了一道傷口，腳踝也開始紅腫，似乎扭傷了。

「沒事，真的，這傷口割得非常淺，以前在山裡隨隨便便也都有這種傷口。」十五不以為意，抱持野生動物的瀟脫。

「只是……還有辦法比賽嗎？」露恰包紮這一道傷口，手有些發抖。

「當然啊，這又沒什麼，我等等舔一舔就好。」

「貓科動物的壞習慣可不可以趕快改掉……」

「露恰，我是真的沒事。」

「沒事？剛剛走回來的時候明明一拐一拐的。」

「那是因為剛受傷的時候比較痛，現在沒問題。」

「……我覺得很奇怪，以妳的平衡感怎麼可能無緣無故跌一跤？即便是真的不小心踩空好了，以妳的反應能力也不可能摔成這樣，種種跡象都顯得太怪異了。」

「不要想得太多，單純是意外。」

當然不是意外，十五連是誰出手推自己的都一清二楚。

當時樓梯間其實有不少人，有的上樓、有的下樓，但是那一頭深藍色的頭髮，實在是太顯眼了。

百思不得其解，那樣眉清目秀的小女孩，為什麼要做這種事？難不成是單純的隨機惡作劇？

不過現在不是把事情鬧大的時候。比賽已經開始，再過不久就會輪到瀕臨絕種團，所有的注意力與精力應該全部放在舞臺上面，浪費時間和腦細胞去追究已經發生的事，才是得不償失的浪費。

如露恰所說的，為了歐貝爾，今天非贏不可。

至於割傷是真的不算嚴重，反倒是腳踝的狀況比較麻煩，過大的動作會疼痛，有腫得更大的跡象。即便如此，要撐過一首三分鐘的舞曲，依舊綽綽有餘。

露恰開始冷靜下來，分析道：「妳的腳踝一定會影響演出，假設我們確定贏不了，是不是乾脆去醫院……」

「我確定一定能贏。」

「其實，我一直覺得怪怪的……」露恰細心地用衛生紙摺成長片狀，一張一張蓋住長條狀的傷口，再用透氣膠布固定黏在小腿，腳踝則是利用繃帶一圈一圈捆住，「我的能力頂多替妳包成這樣了。」

「妳說什麼怪怪的。」

「不覺得現場來了『很多粉絲』嗎？」

「妳是說很多穿一樣顏色的觀眾。」

「對。」

「喔喔，剛剛有人在講。」十五轉述道：「傳聞今日有個叫宇宙喧囂的人或是團體，會到現場當嘉賓還是評審什麼的，說實在我也不是很清楚。」

「不是參賽者吧？」

「可以號召這麼多粉絲，還來比賽幹麼？」

「有道理，那比賽的計分方式改成評審一半、觀眾投票一半……難不成真是巧合？」

「是吧，別想太多，我更喜歡觀眾投票。」十五套上白色的大腿襪，外觀看起來就像是沒有傷口，最後穿上高跟鞋，忍著微微的疼痛，朝氣十足地站了起來，「畢竟讓更多人喜歡瀕臨絕種團才是最重要的。」

露恰抬起頭，看著十五天不怕地不怕的神情，實在是感嘆歐貝爾帶給她的轉變。過去那麼厭惡人類的石虎，居然能夠坦蕩蕩地在面對上千名人類觀眾時，說出自己真實的心意。

是羨慕，也是景仰，露恰才是瀕臨絕種團的第一位粉絲。

「這次的舞臺好大，來的人可不是被強迫參加校慶活動的學生……說真的，妳不緊張嗎？」

「我現在是有一點口乾舌燥，臉頰也覺得有一些麻麻的，心臟跳得好快好快，這樣子算是緊張嗎？」

「我……覺得不算。」

「那這到底算是什麼生理反應啊？」

「是興奮。」

「喔，說得也是呢，哈哈哈哈哈。」

十五瀟灑脫地大笑幾聲，露恰跟著掩嘴輕笑，先前的緊張與擔憂好像就在不必言語的默契中消失殆盡。

比賽已經開始了，參賽者各自拿著自己的號碼牌，準備排隊登上舞臺，遠方傳來的歌聲可以聽見隱約的節奏。

「差不多該換我們了。」十五抬起手，攤平手掌。

露恰習慣性地握住，十指交扣，溫柔地說：「就是這一首歌三分鐘的時間，無論結果如何，都交給人類來決定吧。」

她們手牽著手，一起朝舞臺前進。

冷不防，遠處的歌聲消失了。

「唱完了啊？」十五剛問。

轟！

整個密閉的地下街通道傳來一陣炸響，無數的歡呼聲混雜成一股引人側目的力量，在這樣的密閉環境下得到更誇張的加成，好像什麼天王巨星登場了，演唱著人人會唱的世界名曲。

她們不約而同地停下了腳步。

相視一笑。

「果然，沒這麼容易贏呢。」

只要有眼睛，都能看得出來舞臺上的姊妹目前展現的水準，跟前面幾號參賽者完全是不同的規格。

十五和露恰正在舞臺的側方，看得一清二楚，這個絕對不是學生社團或者是朋友同樂的程度。光是原創的歌曲，加上明顯經過專業編舞的舞蹈動作，就可以得知對方不是玩票的性質。

舞臺下穿著相同顏色的觀眾，終於露出真實的身分，他們全部都是宇宙喧囂的粉絲，是看到社群網站上面傳聞心愛的偶像會到現場，而且宇宙喧囂的師妹團會以參賽者的身分先行演出。

所以早早就來到現場，從主辦單位那邊領取了「評分表」，在愛屋及烏的心態下，希望U團也能得到好成績。

這評分表有點像選票，總共有一千張，所有參賽團體名稱都在上面，認為值得支持的，就在上面打一個勾。打勾的數量並沒有限制，畢竟是以宣傳為主的比賽，在分出勝負之餘，還是希望每一位參賽者都能拿點分數心滿意足地回家。

另外坐在舞臺下第一排的五位評審皆露出安慰的微笑，估計先前就已經打過招呼，並沒有什麼很意外的表情。

舞臺下第一排之後的所有位置，就是先前搶占好位子的粉絲群，還有一般的觀眾。在更周邊的就是站位，八成是來地下街逛街購物的遊客，停下來休息看看精采的表演。

「原來是這樣啊……」

當十五一看見恩恩，瞬間就明白這是怎樣的計畫。賽前突然改變規則，觀眾投票占一半，再引導更多的粉絲前來取票，讓整場的比賽變成自己的主場。

「有的時候還是會覺得人類真是卑鄙呢。」

她的自言自語被熱烈的音樂蓋過，身邊的露恰沒有聽見。

同一時間，薇薇與恩恩的演出，在最後的轉音下畫上句點，現場給予激昂的掌聲，久久不絕於耳，會讓現場的人產生一種懷疑，是不是這一組得到的鼓勵，比前面十幾組加起來還多？

五位評審也站起來鼓掌，似乎這個比賽現在就可以頒獎了。

在十五的眼中看來，這都是安排好的。無論多誇張的鼓掌都不意外，想必那一千張票當中U團的格子已經被蓋滿，但值得注意的是演唱順利的姊妹在臺上擁抱，然後對所有的觀眾彎腰鞠躬道謝。

兩姊妹一起下舞臺，薇薇的雙眼中還殘留無法褪去的悸動。相較之下恩恩對舞臺就沒有那樣的留戀，注意力全放在姊姊身上，確認姊姊是開心的，自己跟著開心起來。

十五察覺了這一點，還是有幾分疑惑。

露恰搖搖十五的手臂，提醒現在該上場了。

瀕臨絕種團排在U團之後，有刻意的人為痕跡。許多帶有目的性的粉絲，大半挪動屁股打算去上上廁所，甚至打算買點食物來儲備體力，撐到宇宙喧囂降臨。

主持人喊出號碼以及瀕臨絕種團之名。

臨時搭建的舞臺很矮，距離腳下就三個階，區區三步就能抵達，可是要登上舞臺之前十五與露恰都一陣恍惚，無法想像自己為了這三步，耗掉多少眼淚與汗水。

燈光好刺眼，跟先前兩次的演出完全不一樣，聚焦在身上的視線全帶著質疑，沒有所謂的善意。眼前的觀眾不是要來享受一場演出的，而是拿出放大鏡挑剔著缺點，來考慮要不要打一個勾。

十五回看著所有觀眾，也是帶著挑釁的眼神，充滿餘裕的笑容是驕傲的另一種展現。石虎是天生的狩獵者，對獵物沒有畏懼。

音樂下了。

特效燈閃爍。

瀕臨絕種團的第一個動作。

全場靜默。

包括在觀眾席中，原本要跟朋友去抽根菸的粉絲王。

會被戲稱為粉絲王這種怪異的外號，純粹是他的一些瘋狂表現，讓其他的粉絲自嘆不如。

固定將自己月薪的四分之三存入名為「宇宙喧囂專用」的帳戶中；宇宙喧囂的出道第一場演出，是現場三十二位觀眾的其中之一；周邊商品買到連周經理都認識，讓宇宙喧囂的隊長親自為他取了一個暱稱……

粉絲王停下腳步，插在口袋中摸菸盒的手緩緩地抽出來，對著一旁的朋友問：

「你不覺得她的眼神很挑釁嗎？那個左邊棕色長髮的女孩。」

「……」朋友沒有說話，注視著舞臺。

「算了，不是要去抽菸，還站著不動幹麼？」

「……」朋友依舊沒有說話。

「喂！」

「為什麼……舞蹈動作會這麼有力？」

「什麼啊？」粉絲王再度看向舞臺，發現不對勁之處，地下偶像團體大多以軟萌的少女為主，舞蹈的編排也以展現自身可愛魅力為最高的目標，很少看見這麼強而有力的風格。

「這麼快的節奏，ＢＰＭ應該超過一百四了吧……再加上這麼強的動作，有點誇張。」

「她們這樣下去，到中間就會喘到不行了，連帶造成歌唱中氣不足，四肢動作變形，反而更難看而已。」

「我總覺得她們……非常有自信。」

「不可能啦，高度體力消耗的動作，更是需要吸入大量的氧氣來平衡。但是她們只有兩個人，唱歌的部分得各自分攤超過一分鐘，就連一般男人都會喘成狗了。」

粉絲王跟朋友不斷地交換意見，兩眼卻沒有一秒鐘離開瀕臨絕種團，像是想將每一秒、每一個動作分解，再牢牢地儲存在腦袋中。

「副歌的部分來了……」粉絲王不知不覺握緊雙拳。

「馬的，居然還更快。」

「對……更快了。」

「不可能支撐得住，等等就會因為腿軟摔倒。」

「……」

「為什麼……」

「……」

「還不倒？」

其實粉絲王並無意去詛咒他人，他只是透過過往親身觀看超過三百場演出的經驗來判斷，這不是尋常嬌弱少女能夠承受的重擔。所以瀨臨絕種團絕對要倒下，否則……那是多可怕的事。

「我到現在似乎還沒聽到她們走音欸，該不會是假、假唱吧，喂喂喂，在比賽播ＣＤ是犯規的喔。」朋友的顫聲傳入耳際，是那樣的脆弱。

只要這首歌完美唱罷，瀨臨絕種團在未來一定會對宇宙喧囂造成威脅。

粉絲王無法理解，自己在這個圈子打滾十年，怎麼可能從未聽說過這種怪物新人。

擁有這種實力的表演者，早早就會被各大公司盯上，哪有淪落到參加玩票性質比賽的機會。

她們簡直像漫畫中……一直躲在深山苦練，突然橫空出世的那、那種人。

「要唱完了。」

「太、太好了，終於要唱完，終於……要唱完了。」

粉絲王卻完全沒有鬆一口氣的感覺，只是覺得這三分鐘如同三十年的酷刑，想要趕緊結束卻反而變得更加漫長。

他的臉色一沉，心裡擔憂的早就不是這場比賽的勝負，U團能不能贏都在其次。真正可怕的是，要是這場比賽讓瀕臨絕種團獲勝，她們將正式進入這個圈子當中，到時候還有團體能夠阻擋嗎？

宇宙喧囂在這兩年好不容易爬上了現在的位置，團員們付出多少努力，他一點一滴都看在眼裡，怎麼能夠讓莫名其妙出現的外來戶，一路順風順水地對著宇宙喧囂發起挑戰？

不能打勾，而且要趕快通知現場所有同伴絕對不能打勾。

「粉絲王……」

「現在先別給我說這些廢話，趕緊在群組通知大家……」

「你還記得那個棕色長髮的妹子，大腿襪是什麼顏色嗎？」

「操，什麼時候了你還在看人家大腿！」

「不不不，到底是什麼顏色？」

「全白色啊，你色盲是不是？」

「那為什麼有部分是紅色的？」

聽朋友這樣說，粉絲王猛然抬起頭，正在輸入訊息的手指停滯，將視線從手機螢幕上抽離，重新放到了十五的腿。

右腳小腿外側，真的有一道暈開的紅色線條。

「這個、這個……這個該不會是？」

「是血。」

「……」

「是血，對吧？」

「怎麼可能……」

「從頭到尾她都帶著這樣的傷口在演出嗎！」

粉絲王目瞪口呆，現場觀眾只要有發現襪上的血跡都會露出一樣的表情。當音樂走進尾聲，瀕臨絕種團完成表演，一起彎下腰跟所有人道謝時，居然聽不見任何掌聲。

直到其中一位評審拿起麥克風，擔心地問：「那個……妳叫作十五吧，右腳是不是受傷了啊？」

「抱歉、抱歉，剛剛意外地跌倒，沒有讓服裝保持整潔很不好意思……應該不至於會扣分吧。」

「不，我不是責備妳的意思……我、算了，沒有關係，快點去休息吧。」

評審放下麥克風，用力地拍起手，旁邊的四位評審也跟著拍手，後面一千位持有票的觀眾隨後拍手，最外圍的……無論是湊熱鬧的遊客或沒搶到座位的觀眾，只要是有看見瀨臨絕種團的演出都會給予鼓勵的掌聲。

其中包括粉絲王與他的朋友。

「你會給她們勾嗎？」

「……」

「別忘記你是忠於宇宙喧囂的粉絲王，要想清楚海王星知道後會有多生氣。」

「我永遠是她們的頭號粉絲。」

「那你會給瀨臨絕種團打勾嗎？」

「我會。」

「喔？」

「當初宇宙喧囂的首次登臺，人很少，就站了一、兩排，沒人打 CALL，連團員叫什麼名字都不清楚，我手上的票是朋友送的，就只是想說免費看看也無所謂。」粉絲王繼續轉述過往的故事，「先撇開她們的外貌，當然都很可愛，是我喜歡的類型。不過，真正讓我發誓要成為她們永遠支持者的原因，是因為我看見了努力，還有她們展現的實力。」

「嗯。」

「舞臺上，終究還是以實力說話，我是宇宙喧囂的頭號粉絲，卻不代表我一定要支持宇宙喧囂的師妹團體。如果周經理接下來無法推出跟瀕臨絕種團相同水準的人，那我會很失望。」

「說得還真重。」

「我們這種粉絲就是這樣啊，一旦愛上了，火山孝子、破產為止，願意一路支持她們站上大巨蛋的舞臺完成夢想……但這一切的前提是『愛』，不是『傻』。」

「我懂了。」

「那你呢？會給她們勾嗎？」

「早就給了。」

舞臺很擁擠，所有的參賽者都在上面。

萬眾矚目的頒獎儀式過後，待會還有地下街提供的同樂摸彩，所以臺下的觀眾比先前的還要更多，一眼望去滿滿的都是人，相同的擁擠。

十五跟露恰除了踮起腳尖之外，根本看不到前方的事物。相對的，前方的事物也沒辦法看見她們的緊張。

「我剛剛是不是有跳錯了一、兩拍？就是在第二次副歌尾巴那裡……」露恰不知不覺咬起了指甲。

「不用擔心。」十五換上一雙新的大腿襪，格外有自信。

為了保留懸念到最後以及維持同樂的氣氛，主持人在頒一些「最佳服裝」、「最有元氣」、「最棒笑容」之類的獎項，盡量能讓每個參賽者都能帶著地下街禮券回家。

這給了她們繼續交頭接耳的時間。

「拿到冠軍獎杯，我們立刻搭車去找歐貝爾。」十五雙手抱胸。

「喔？」露恰察覺到變化。

「這是最厲害的道歉禮物，一定要秀給她看。」

「不怕反效果嗎？」

「我要讓歐貝爾知道，她一手組建的瀕臨絕種團有多了不起，如果少一個人一樣能贏，那再多一個人豈不是贏遍天下無敵手。」十五這番話說來沒有一點猶豫，哪怕是一秒鐘。

「其實，妳也很相信歐貝爾吧？」露恰靠在夥伴的肩。

「一開始當然不信，但是今天我們來參加比賽，看到了這麼多表演的人，才忽然發現原來我們挺厲害的。歐貝爾規劃的訓練的確有效，她說要成為所有人類都喜愛的偶像團體並不是空話。」

「太好了，真的。」

在她們竊竊私語的過程中，主持人終於頒完一堆安慰性質的參加獎。準備要進入地下街唱跳大賽青少組最重要的前三名獎項。贈送的可不是禮券，全是貨真價實的新臺幣，十五的雙眼開始綻放金黃色的光芒。

「第三名得獎的是……」主持人慣性賣個關子。

舞臺上的眾多參賽者都在低頭祈禱，只有十五呢喃道：「不要，不要不要不要不要不要不要不要……」

「恭喜，DREAMER！」

露恰頭疼地看向旁邊的夥伴，忍不住輕笑了幾聲。

「第二名得獎的是……」主持人還是慣性賣個關子。

「不要，不要不要不要不要不要不要不要……」

「恭喜恭喜！U團，恩恩與薇薇，是我們觀眾投票的第二名，得到了很多人的愛喔。」

恩恩、薇薇如同石化一般，依舊站在原地沒有走到主持人旁邊。姊姊的臉色蒼白，連化妝都無法遮掩，妹妹則是於心不忍，無奈地低下了頭，猶如聽見了某人的死訊，更可悲的是，死者之名叫作夢想。

到此為止。

「怎麼了？高興到傻住了嗎？哈哈哈……」主持人使出渾身解數，要挽救現場將頹傾的氛圍。

恩恩拉了拉姊姊的袖子，薇薇回過神來，還是沒辦法去拿那個獎項，如喪考妣

地搖搖頭，眼淚在同時間落了下來。

第二名其實算是不錯的成績，薇薇失魂落魄的表情又很難解釋成開心的淚水，所以評審一臉尷尬。底下的粉絲一臉茫然，不知道該不該拍手祝賀，現場形成一種怪異的僵持。

薇薇狼狽地抹掉淚水，被妹妹牽著往前走了三步，一起來到主持人的身邊，領取第二名的獎杯以及獎金。

主持人不愧是專業的人士，輕咳幾聲為現場轉換氣氛，直接省去了得獎者發表感言的機會，用最快的速度宣布……

「本屆地下街唱跳大賽，第一名是瀕臨絕種團，恭喜恭喜恭喜！」

連賣關子都沒有。

十五喜形於色，露恰如釋重負，表面上沒有特別開心，她們一起來到舞臺最前端，向所有的觀眾揮手致意。

第一名由地下街主委頒發，一時之間下面的閃光燈瘋狂閃爍，為這場活動留下最關鍵的紀錄還有宣傳。

雖然十五早就認為瀕臨絕種團會贏，但是沉甸甸的獎金與獎杯到手，還是有一種不真實的感覺。連主持人不斷遞過來的退場暗示，也完全沒有接收到，幸好露恰的腦袋比較清醒，連拖帶拉一起後退。

現在是主委對現場觀眾的說話橋段，待會還有重要的摸彩，所有參賽者必須成為大人物的背景板，這尷尬的時間無論是有得獎或是沒得獎都顯得很難受。

「第二名有些可憐，哭成這樣，害我有些罪惡感。」露恰在十五的耳邊低語。十五壓低嗓音道：「她們好像是周經理公司的人。」

「是嗎……」

「嗯，所以很多穿一樣顏色衣服的觀眾，都是來支持她們的。」

「……難怪在最後才突然改變規則。」

「沒錯，就是這樣。」

「妳怎麼不早點告訴我？」

「因為我覺得周經理願意幫忙炒熱現場，不算是壞事。」十五摳摳自己的鼻尖，是真的毫不在意。

「拜託，這可是另一種變相的作弊。」露恰感到害怕，萬一因為這樣子輸了，不知道該怎麼面對歐貝爾。

「我會選在這個時候告訴妳，是希望妳不用同情對方，大家都是堂堂正正地站在舞臺上比賽……」十五突然想起自己被推下樓的事，腳踝也因劇烈的舞蹈動作痛得很不舒服，「好吧，至少我們是堂堂正正地站在舞臺上比賽，贏了就該開心，輸了就難過一下下，回去更加努力即可。下次的比賽誰輸誰贏還不知道，如果妳對她們產生同情，反而是一種最殘酷的羞辱。」

「妳……難得想得這麼遠。」露恰有些意外。

「我一直都很深思熟慮的好嗎？況且，這樣子的比賽未來還有很多，永遠都有贏回來的機會。」

「我一想到周經理在背後玩這種手段，就覺得很不開心。」

「明明就很開心。」

「我們可是差一點點就輸了哦。」

「不可能輸的。」

「妳這莫名其妙的自信是從哪裡來的啊？」

「只要是粉絲投票，我們就不可能輸。」

「為什麼？」露恰瞥了一眼十五的側臉。

十五模仿了主持人的手法，暫時賣了一個小關子。她向前延伸的視線，首先觸及的是主委與主持人的後背，沒有停留繼續往前延伸，來到了底下的觀眾席。

有的觀眾愁眉苦臉，為自己支持的參賽者感到惋惜；有的觀眾搓手頓腳，厭棄臺上的人廢話太多；有的觀眾見到自己喜歡的偶像在臺上，就一臉幸福地傻笑著……

真是美好的景致，這大概就是傳說中的人生百態吧。

從舞臺上觀察人類果然是最棒的角度。

真想在這裡待久一點，把每一個人的表情與姿態都烙印在心底。

畢竟，各種模樣的人類在這個時刻真的是太有趣了……

十五過了片刻，才從某種過度沉迷的狀態中甦醒，回過頭來回答露恰的問題。

「周經理幫忙找這麼多觀眾，我開心都來不及了，哪可能因此輸掉比賽？」

「所以呢？」露恰抿著嘴輕笑。

「萌十字的粉絲我們帶不走，可是這些粉絲，我全部都想要。」

十五還是保持著一種不講道理的自信。

笨蛋

十五已經在訂車票，露恰背著背包不斷地勸說，希望她能先去醫院看一下腳踝的傷勢。但十五不為所動，扛著金亮亮的獎杯，就是想在第一時間跟歐貝爾分享。

腳踝的疼痛，比起見到歐貝爾這檔事，那根本無關緊要。

「有了，半小時之後有一輛火車……」

「等一下，等一下，請妳們等一下！」

後頭有地下街唱跳大賽的主辦人員在高聲呼喚。

她們同時停下腳步，回頭。

「先不要離開，請聽我說，目前、目前我們遭遇到了技術上的困難，希望妳們可以提供協助。」她的身上套著主辦單位的背心，一臉快哭出來的可憐模樣。

「不好意思，我們有地方趕著要去……」露恰準備客氣地婉拒。

「千萬別這麼說，我已經、我已經是走投無路了。拜託，不論是車馬費，還是其他的補貼，我們可以給予雙倍。」

「到底是怎麼回事？」

「待會兒童組的比賽就要開始了，原本其中一位評審說好是由宇宙喧嚣的團員擔任，然而不知道發生什麼事，剛剛得到通知，說因為某些因素，評審沒有辦法來。」

「……」

「在這個迫在眉梢的時間點，我該去哪裡找評審？所以想說能不能由新任的冠軍來為小弟弟、小妹妹們打個分數。」

「啊……」十五立刻就明白發生了什麼事。

周經理當初一定跟主辦單位談好，規則的改變以及評審的打點，都是為了讓自家旗下的偶像獲勝，為此來進行某種程度的交換條件。如今，冠軍沒了，那該要付出的義務自然也不復存在。

看主辦人員急得快哭了，十五瞧了瞧背後的獎杯，有一種自己也是加害人之一的心虛。如果不是瀕臨絕種團，對方不會遭受這樣的無妄之災。

露恰本來就容易心軟，也覺得地下街給了瀕臨絕種團這麼美妙的機會，自己能幫上忙讓活動圓滿完成，明年才有繼續舉辦的可能性。

兩人交換一個眼神，就有了不必言明的默契。

「我們不確定是否有這樣的資格……」露恰想要再確認。

「就以學姊的身分給小朋友們一些建議就可以了，兒童組的比賽本來就是玩得開心最重要，不必那麼專業跟嚴肅。」

「既然如此，我們明白了，願意擔任評審。」

「太棒、太棒太棒了，從現在起妳們就是我的救命恩人。」主辦人員感激地握住露恰與十五的手，「快點跟我來吧。」

沒過多久，兒童組的比賽將要開始。

等到她們坐在評審的專用席，突然有一種恍若隔世的奇怪感受。

明明在不久前，自己還緊張兮兮地在臺上冀望評審能多給點分數，沒想到現在卻要給參賽者分數。

宇宙喧囂確定不會到場，穿同樣顏色的觀眾早就一哄而散，取而代之的是更多的爸爸、媽媽、爺爺、奶奶……齊聲在為家中的小寶貝加油，烘托出了更溫馨的氣氛。

露恰簡直是樂開懷，看到這麼多小朋友在臺上賣力演出，雙手各自拿著一支筆，當成鼓棒，興奮地在桌面敲著節奏，恨不得給每一個人通通一百分。

十五的臉上也是掛著微笑，從這個角度看上去，這是先前完全無法想像的畫面。不知道為什麼，對於參賽者的肢體動作、表情態度，甚至是一滴汗水都能看得一清二楚。

追求夢想這件事，一直以來都與年紀無關。

到底要練習多久才能抓緊這個節拍？到底要練習多久才能唱上這個高音？十五會在腦袋裡推想這些小朋友放棄玩樂，不停努力練習的樣子，接著想起了自己的過去，那段在山上的日子。

在陪著歐貝爾玩耍的過程中，根本就沒有意識到這其實是一種訓練，長時間的跑步增加體力，攀岩爬樹增加肢體協調，呼喚吶喊增加肺活量……一切的一切，都是由歐貝爾起的頭。

啊，真的不行了，十五的手掌按住眼睛，好想念那頭臺灣黑熊。

可是說出來一定會被笑的。

從小到大都沒有分開這麼久，明明感到難過是很正常的事，卻沒有辦法好好地開口說出來。說到底，不管是團員還是經紀人都沒關係，只要歐貝爾在身邊就好……

臺上的小朋友表演完畢，生嫩地彎下腰，跟大家鞠躬道謝。露恰翻著手上的參賽者資料，滿臉期待地念著下一個參賽者的名稱。

「白V，真古怪的名字。」

主持人也以高亢的聲音喊出白V，緊接著一道熟悉萬分的身影就站上了舞臺。

她的臉蛋與手臂有幾道擦傷，但卻無法掩飾強大的自信。

她的個子依然嬌小，卻釋放出無與倫比的巨大氣勢。

配樂播放，她唱出了第一句歌詞，就奪取了所有人的目光。

嘹亮的歌聲，在地下街的遼闊廣場，不斷地向外傳遞出去。附近的人會停下腳步，然後循著聲源而來，成為站在舞臺下的一分子。

十五的臉扭成一團，全身都在顫抖，即使知道以後會被嘲笑，依舊沒有忍住滾燙的淚水……

「歐貝爾，是我們家的歐貝爾……回來了……」

她完全沒有想過會是在這樣的狀況下重逢。還記得歐貝爾站在舞臺上就會驚慌失措的可憐模樣，還記得歐貝爾為了克服舞臺恐懼症，四處碰壁被羞辱的悽慘悲傷，還記得歐貝爾已經無計可施，不知該如何是好的迷惘惆悵……

還記得歐貝爾聽見成為經紀人的要求時，那錯愕與難過的神情。

彷彿所有的痛苦，都在歐貝爾的歌聲當中得到了昇華。

「對不起，真的很對不起……」

十五低下頭，雙手掩面，淚水仍然沿著指縫流到了腿上。

露恰已經激動地站了起來，也不管會不會擋住背後觀眾的視線……

「隊長，歡迎回來。」

歐貝爾回來了，所展現的歌喉與舞藝，根本不是兒童組的檔次。所有的觀眾都看得出來，這個小女孩背後所付出的努力，絕對不是單純的玩耍和興趣，她的夢想是很明確，而且無比龐大的東西。

一首歌曲，短短三分鐘，得到無數的驚嘆，這孩子報名兒童組恰當嗎？這孩子真的是十二歲以下嗎？這些幾乎是目睹演出之人集體的疑問。

有幾個類似街舞才會出現的高難度動作，歐貝爾還是搭配著節奏，行雲流水地展現。在萬眾矚目中，毫不掩飾地展現自己的天分。

歐貝爾笑得開懷，沉浸於四周火熱的氣氛，沐浴在無數的目光中，宛若天生就該活在舞臺上，享受著音樂節奏和關愛讚美。猶如臺灣黑熊回到山林，自在地旋轉跳躍，使盡全力地奔馳，昂首朝著無邊無際的天空發出熊吼。

即將曲末，人還未散，所有的視線全聚焦在一個小女孩身上。

歐貝爾隨著倒數第二個音符跳起，跟著最後一個音符落地……

砰！

晃動！

雙腳所踏出的力度，連舞臺都輕微地晃動。

「原來臺灣黑熊，真的能飛。」

十五為自己的所見，也為歐貝爾的演出，落下一個最貼切的句點。

RESCUTE
RESCUTE

一列捷運駛進月臺軌道。

準備上車的人排著隊。

下車的人邁著急促的腳步。

兩座惹人注意的冠軍獎杯。

十五、歐貝爾、露恰，肩並肩坐在候車的長椅。

前方的車是能夠回家的班次，錯過了沒關係，反正也不只錯過一班而已。

十五的臉紅仍未退去，剛剛哭得不能自已的糗樣，除了祈禱歐貝爾得到暫時性白內障之外，已然失去不被笑一輩子的可能性。

露恰想說的實在太多了，心煩意亂的，無法整理成清楚的語言，只能夠期待十五先開口，打破三個傻瓜坐在這不動的僵局。

歐貝爾的雙眼全被兩座獎杯吸引，時不時還舔舔嘴唇，火熱得像是發現被遺忘在路邊而且沒上鎖的食材運輸車。

「喂……蠢熊這、這到底是怎麼回事啊？」十五想試探看看歐貝爾有沒有發現自己坐在評審席。

「十五，妳幹麼為我哭成這樣……害我也有一點不好意思了。」歐貝爾拎起一座獎杯，抱在自己胸前，愛護萬分。

「誰哭啦？這是哪裡來的幻覺？只不過是今天眼睛使用過度，所以流了一點汗，跟眼淚一點關係都沒有！」

「知道妳這麼在乎我，其實還滿感動的，謝謝妳。」

「……為什麼要突然這樣說啊？這樣子不是顯得我很小心眼嗎？卑、卑鄙，哼。」十五甩過頭去。

露恰緊接著問：「歐貝爾，妳臉上跟手上的傷是怎麼回事？」

「沒事沒事，不用緊張，不過是山難而已。」

「山難!?」十五與露恰同聲驚呼。

「其實也沒那麼嚴重啦，更正確來說應該是掉進山坳而已。」

「『掉進山坳！』」

「我不是好好的在這了嗎？妳們在擔心什麼嘛。」歐貝爾憨憨地笑了。

「不要給我擺出一副若無其事的模樣！」十五雙手揪住歐貝爾的領口前後搖晃，「還不趕快從實招來。」

「這個說來話長……」

「馬上說！」

「妳們確定想要知道嗎？過程滿無聊的欸。」

「歐貝爾的遭遇，我都想知道。」露恰從中間分開十五與歐貝爾，「畢竟我們是夥伴嘛。」

歐貝爾聽見夥伴這兩個字，轉過頭凝視著十五與露恰，親自體會到這兩個字背後的意義有多重，緩緩地收起笑容，不打算再有任何保留，開始訴說一段不可思議的際遇。

「其實，我已經放棄了。放棄舞臺，放棄抵抗死亡連結，放棄成為偶像，放棄從小到大的夢想。因為我忽然覺得這一切的努力並沒有意義。」

「怎麼會沒有意義？這兩個獎杯就是其中的意義啊。」十五聽著膽顫心驚。

「我認為臺灣黑熊的死亡連結，就快要發動了。」

「「……」」

「簡單來說，我就快要死了。」

「不准亂說這種話！」

「這跟我上輩子的模糊記憶有關……依稀記得，我跟在媽媽的背後，不斷地在廣闊的山區四處移動，到底為什麼要這樣子長途跋涉？媽媽並沒有告訴我原因，這在我心中埋下了一個恐懼的種子。」

「我也有上輩子的模糊記憶，這不一定是準確的啊。」

「我明白，可是直到我一直接收到臺灣黑熊的族群數量降低，以及同胞們身亡的新聞，那個種子終於爆發了，就成了舞臺恐懼症的根源。」

「……」

「我開始害怕舞臺，認為自己努力、上臺表演、對人類宣傳保育的重要……種種的付出，其實沒有一丁點的幫助。臺灣黑熊終究會滅絕，死亡連結終究會取我的性命。」

「……」

「我開始害怕，就算是上了舞臺，讓所有的人類喜歡我了，依然要面對滅絕。」

歐貝爾空靈的眼睛中，有著流光正在波動。

「沒有這種事，只要我們一起奮鬥，絕對有扭轉的機會。」十五拍拍胸口，保證。

「待在櫻姊家的這段時間，我什麼都不想做，反正認真地生活會死，耍廢地生活也會死，那不如選一個比較輕鬆的吧。這樣子的日子挺好的，永遠這樣子過下去也不錯……直到櫻姊建議我回家看看。」

「這指的該不會是臺灣黑熊真正的家吧？」

「沒錯，所以我拿了櫻姊的登山裝備，想去露營區睡個一晚。萬萬沒想到的是，可能是上輩子的習慣影響，我一直朝無人的獸徑前進，等回過神來，完全不知道在哪裡了。」

「誰叫妳亂跑，笨蛋！」

「其實在山裡，迷路個幾天，我不會害怕……我是想到櫻姊萬一以為我失蹤，會通知妳們幫忙找。」歐貝爾靦腆地聳聳肩，「比賽將近，要是因為我害瀕臨絕種團分心拿不到冠軍……我無法原諒自己。」

「是啊，一定會分心，就算把臺灣百岳翻過來，也要找到妳為止。」十五沒有說笑的意思。

歐貝爾一愣，露出一個「果不其然」的表情，繼續輕輕地說：「於是，我拚命想在天黑前下山，抓準一個方向，埋頭就往前衝刺……衝衝衝衝衝衝……可惜，我現在是人類，沒有上輩子的敏銳，一不小心踩空，就滾下大概四、五公尺深的山坳。」

「我的天……」露恰摀著自己的嘴。

十五忍不住罵道：「我真的沒見過這麼蠢的熊欸。」

要不是歐貝爾就在她們面前，手腳俱全，能唱能跳，否則露恰的心臟早就停擺，十五早就跪地崩潰痛哭。

「我沒事，畢竟運氣好，身後的登山包幾乎幫我承受掉很多傷害。」

「從現在開始，妳那個登山包我要供奉起來，封為護熊神包！」

「笨貓，腦袋錯亂了嗎？」

「妳的腦袋才摔壞了。」

一如往常吵了起來，露恰不得不跳出來打圓場道：「先別吵架了，摔下山坳之後，到底發生什麼事？」

「我就躺在地上，渾身疼痛骨頭都快要散了……當時腦袋昏昏沉沉，根本沒辦法思考，反正附近沒有人類，呼救也沒意義，便覺得早晚要面對死亡連結的話，不如死在山中算了。」

「……要是我在現場一定揍醒妳。」

「最後我暈了過去，等到我醒過來已經是隔天早上……人躺在登山步道旁的草叢中，被第一批上山的登山客發現，送到醫院去檢查，確認沒有任何問題。我一出院準備完畢立刻北上，現場報名比賽……」歐貝爾開始抱怨道：「不知道是哪個笨蛋工作人員，看我個子矮就擅自報兒童組，快氣死了。」

露恰接著問：「怎麼不來找我們？」

「在賽場上，我們可是敵人喔。」

「不可能有這種事！」

歐貝爾看到露恰的反應，心中暖暖的，淡淡地說：「其實是我覺得……一定要先證明自己有回到瀕臨絕種團的資格，才能堂堂正正地見妳們。」

「不要這樣說……」露恰不捨地將歐貝爾抱入懷中。

「沒關係，現在我回來了，什麼舞臺恐懼症已經是過去式，瀕臨絕種團從現在開始會成為最強的完整體喔。」

「回來就好，其他的什麼都沒關係……」

眼前是相當感人的畫面，可是十五不為所動，眉毛皺起一邊，似乎想到了某個關鍵。

「不對，不能被這頭臺灣黑熊騙了，最重要的地方，她沒有老實交代……」

「十五，只要歐貝爾平安回來就好。」

「她到底是怎麼回到登山步道？這個過程未免跳過太多了吧。」

「……」歐貝爾的雙肩一顫。

「如果說舞臺恐懼症的根源是死亡連結，死亡連結的根源是同胞滅絕……而如今，妳精神奕奕地歸來……」十五像是回到歐貝爾迷失的山林，然後在一片黑暗當中，企圖抓住那一道光。

「十五？」

「妳遇到了臺灣黑熊，對吧？」

歐貝爾的五官瞬間產生奇妙的變化，複雜的情緒不斷地轉換，像是有話想說，但又不敢說出口，全靠著瞳孔上的流光，來表示自己的為難。

「因為我覺得妳們不會相信，所以不想說。」

「遇見同胞又沒有什麼，我跟露恰前些日子不是才見到嗎？」

「不只是這樣。」

「不只是這樣？」

「我覺得，拯救我的臺灣黑熊，是媽媽……」

「……」露恰和十五瞬間語塞。

「登山客說我是遇到了山精，勾走之後發現我的肉太少，所以才決定放棄吃掉我；巡山員說我根本沒有走遠，只是在登山步道附近繞圈；醫生說我在恐怖的情況下，出現詭異的幻覺是正常的……大家都有不同的說法，可是、可是那種溫暖的感覺……」

「……」

「我覺得一定是媽媽，不告訴妳們的原因是，萬一、萬一妳們也不相信，那我真的不知道該怎麼辦了。」

「……」

「如果媽媽還活著，那我一定有很多的弟弟跟妹妹，弟弟跟妹妹又會跟過去的媽媽一樣四處奔走找到伴侶，生下好多好多的同胞。臺灣黑熊一定不會滅絕，因為大家都是這麼努力地生存下去啊。」

「歐貝爾……」十五從未見過她的臉出現這樣的表情。

「所以，我的努力、我的夢想、我的舞臺，從此又有了意義。」

「妳……」露恰也沒見過這樣的歐貝爾。

歐貝爾摸摸頭上的丸子，慢慢地低下頭，不敢望向夥伴，苦笑著說：「臺灣黑熊叼著我，擺回登山步道這種事，果然……沒有人會相信的……」

「『我相信哦。』」露恰和十五相視而笑，「『我們相信哦。』」

「有的時候……總覺得妳們，笨得無以復加呢……」

歐貝爾的肩膀輕微地上下起伏。

十五握住了歐貝爾的左手，露恰牽起歐貝爾的右手。

此時又有一列捷運到站，依舊是通往回家的方向，只是附近的人少了，沒有那麼多乘客。

「一起回家吧。」

她們三人，手牽著手一直向前邁進，一同跨進了車廂。就跟過往一樣，彷彿這之間什麼都沒發生，瀕臨絕種團還是原本的瀕臨絕種團。

車門關上，司機緩緩地發車。

歐貝爾揉揉眼睛，輕咳了幾聲，收拾好自己的情緒，終於能夠面對自己的夥伴……

「欸，我們的獎杯呢？」

「「……」」

「笨蛋笨蛋笨蛋，妳們兩個果然都是笨蛋！」

（完）

後記

大家好，距離上集發售的時間，已經是一年多前，瀕臨絕種團並沒有因此休息，十五號、歐貝爾、露恰露恰都沒有歇著，繼續走在偶像的道路上，奮發向上不停前進。

這期間我們製作了一款手遊《瀕臨絕種團劇場》，三位成員也順利 VTuber 出道，每次聽她們的雜談或者是歌唱的直播，都有一種如夢似幻的感動，並且產生了一個問題，究竟要付出多少努力，才能站在這裡面對所有的人？

我不清楚她們私底下的努力，但是很明顯，每一天、每一場直播，她們全都在進步。持續到今天，平均的訂閱大概四萬左右，還在慢慢地增長，如果大家平時有空，歡迎多多給予關注。

未來還有更多的日子，無論是我、春魚工作室，還是瀕臨絕種團，皆要請各位多多指教，我們還需要更多的支援！

啞鳴

浮文字

瀕臨絕種團 RESCUTE (下)

著　者／啞鳴
繪　者／迷子燒
榮譽發行人／黃鎮隆
美術編輯／陳又荻
總 經 理／陳君平
國際版權／黃令歡、梁名儀
協　理／洪琇菁
企劃宣傳／楊玉如、洪國瑋
總 編 輯／呂尚燁
文字校對／施亞蒨
美術總監／沙雲佩
內文排版／謝青秀
執行編輯／楊國治

出　版／城邦文化事業股份有限公司 尖端出版
台北市中山區民生東路二段一四一號十樓
電話：（〇二）二五〇〇—七六〇〇
傳真：（〇二）二五〇〇—二六八三
E-mail：7novels@mail2.spp.com.tw

發　行／英屬蓋曼群島商家庭傳媒股份有限公司城邦分公司 尖端出版
台北市中山區民生東路二段一四一號十樓
電話：（〇二）二五〇〇—七六〇〇（代表號）
傳真：（〇二）二五〇〇—一九七九

中彰投以北經銷／楨彥有限公司（含宜花東）
電話：（〇二）八九一九—三三六九
傳真：（〇二）八九一四—五五二四

雲嘉經銷／智豐圖書有限公司 嘉義公司
電話：（〇五）二三三—三八五二
傳真：（〇五）二三三—三八六三

南部經銷／智豐圖書有限公司 高雄公司
客服專線：〇八〇〇—〇二八—〇二八
電話：（〇七）三七三—〇〇七九
傳真：（〇七）三七三—〇〇八七

一代匯集／香港九龍旺角塘尾道六十四號龍駒企業大廈十樓B&D室
電話：（八五二）二七八三—八一〇二
傳真：（八五二）二五八二—一五二九
E-mail：hkcite@biznetvigator.com

新馬經銷／城邦（馬新）出版集團Cite（M）Sdn. Bhd.
E-mail：cite@cite.com.my

法律顧問／王子文律師　元禾法律事務所
台北市羅斯福路三段三十七號十五樓

二〇二一年十一月一版一刷

■中文版■

郵購注意事項：
1.填妥劃撥單資料：帳號：50003021戶名：英屬蓋曼群島商家庭傳媒(股)公司城邦分公司。2.通信欄內註明訂購書名與冊數。3.劃撥金額低於500元，請加附掛號郵資50元。如劃撥日起 10～14日，仍未收到書時，請洽劃撥組。劃撥專線TEL：(03)312-4212 ・ FAX：(03)322-4621。E-mail：marketing@spp.com.tw

國家圖書館出版品預行編目資料

瀕臨絕種團 RESCUTE / 啞鳴作. -- 1版. -- 臺北市：城邦文化事業股份有限公司尖端出版：英屬蓋曼群島商家庭傳媒股份有限公司城邦分公司發行, 2021.11

面； 公分

ISBN 978-626-316-181-8（下冊：平裝）

863.57 110015614

RESCUTE
瀕臨絕種團

RESCUE
瀕臨絕種團